文春文庫

荒ぶるや

空也十番勝負（九）

佐伯泰英

目次

「空也十番勝負」

主な登場人物

坂崎空也　江戸神保小路にある直心影流尚武館道場の主、坂崎磐音の嫡子。父の故郷・豊後関前藩から、十六歳の夏に武者修行の旅に出る。

渋谷眉月　薩摩藩八代目藩主島津重豪の元御側御用、渋谷重兼の孫娘。父は重恒。

佐伯彦次郎　安芸広島藩浅野家重臣佐伯家の次男。間宮一刀流の剣術家。下男の伴作、愛鷹の千代丸と共に武者修行で諸国を巡る。

薬丸新蔵　薩摩藩領内加治木から武名を挙げようと江戸へ向かった野太刀流の若き剣術家。長左衛門兼武と改名。

坂崎磐音　空也の父。故郷を捨てざるを得ない運命に翻弄され、江戸で浪人となるが、剣術の師で尚武館道場の主だった佐々木玲圓の養子となる。

おこん　空也の母。下町育ちだが、両替商・今津屋での奉公を経て磐音の妻に。

睦月　空也の妹。

中川英次郎　勘定奉行中川飛驒守忠英の次男。睦月の夫。

霧子　姥捨の郷で育った元雑賀衆の女忍。嫡男は力之助。

重富利次郎　尚武館道場の師範代格。豊後関前藩の剣術指南役も務める。霧子の夫。

速水左近　将軍の御側御用取次。磐音の師、佐々木玲圓の剣友。おこんの養父。

小田平助　尚武館道場の客分。槍折れの達人。

松浦弥助　元公儀御庭番衆吹上組の忍。霧子の師匠。

季助　尚武館道場の門番。

品川柳次郎　尚武館道場に出入りする磐音の友人。母は幾代。

竹村武左衛門　尚武館道場に出入りする磐音の友人。陸奥磐城平藩下屋敷の門番。

越前
丹後
若狭
美濃
但馬
小浜城
竹生島
丹波
鞍馬山
近江
磨
愛宕山
祇園感神院
路城
四条大橋
摂津
山城
明石城
伊賀
妻鹿
大坂湊
魚ノ棚
河内
伊勢
大和
和泉
淡路
蕊尊院
内八葉外八葉
和歌山城
洲本
姥捨の郷
和歌浦
高野山
金剛峯寺
紀伊
潮岬

空也十番勝負　西国地図
愛宕山周辺
愛宕神社
月輪寺
清滝川
空也瀧
嵯峨清滝
因幡
出雲
伯耆
美作
石見
備後
備中
備前
岡山
安芸
広島城
福山
三原
尾道
丸亀城
高松城
讃岐
多度津
白石ノ鼻
千秋寺
道後温泉
松山城
阿波
土佐
伊予

空也十番勝負　江戸地図
新吉原
尚武館小梅村道場
東叡山
寛永寺
山谷堀
竹屋ノ渡し
向島
待乳山
聖天社
浅草
三囲稲荷
今戸橋
忍ケ岡
上野
下谷車坂町
浅草寺
花川戸町
田原町
小梅村
常泉寺
不忍池
下谷広小路
新寺町通り
新堀川
源森川
安藤家
下屋敷
浅草広小路
吾妻橋
業平橋
御厩河岸ノ渡し
品川家
十間川
首尾の松
北割下水
今津屋
本所
吉岡町
法恩寺橋
和泉橋
天神橋
新シ橋
石原橋
柳原土手
浅草御門
両国橋
南割下水
入江町
横川
小伝馬町
回向院
竪川
薬研堀
松井橋
浮世小路
大川
鰻処宮戸川
六間堀
魚河岸
猿子橋
新高橋
鎧河岸
新大橋
小名木川
日本橋
万年橋
日本橋川
深川
霊巌寺
鎧ノ渡し
永久橋
金兵衛長屋
亀島橋
砂村新田
佐賀町
霊岸島
八丁堀
永代橋
仙台堀
永代寺
鉄砲洲
富岡八幡宮
越中島
佃島
堺橋

護国寺
中山道
日光御成街道
小石川
伝通院
本郷
石切橋
牛込
豊後関前藩上屋敷
水道橋
神田川
神田明神
牛込御門
稲荷小路
表猿楽町
尚武館道場
駿河台
田安御門
市谷八幡宮
九段坂
神保小路
組橋
雉子橋
市谷御門
一橋御門
千鳥ヶ淵
善国寺谷通
鎌倉河岸
神田橋
四谷
麴町
江戸城
四谷御門
本丸
大手御門
半蔵御門
紀尾井坂
平川天満宮
西の丸
道灌堀
和田倉御門
赤坂御門
馬場先御門
鍛冶橋御門
南町奉行所
京橋
数寄屋橋御門
清水谷
溜池
三原橋
木挽橋
幸橋御門
氷川明神
原宿
薬丸道場
愛宕権現
芝口橋
木挽町

この作品は文春文庫のために書き下ろされたものです。

編集協力　澤島優子
地図制作　木村弥世

荒ぶるや

空也十番勝負（九）

序　章

　空也は茫然自失して四条通を眺めていた。佇んでいるのは主祭神素戔嗚尊が祀られた祇園感神院、ただ今の八坂神社の西ノ御門前だ。

　四条大橋から賑やかな大路を歩いてきて四条通を振り返ったところだった。

　京の都とはかように多く人が往来し、芝居小屋やら茶店やら呉服店やらが立ち並んでいるものか。

　物心ついた江戸とも武者修行で薩摩入りして訪れた鹿児島とも違い、比べようがなかった。京には、どこの城下にもない華やかななかにも雅な気が漂っていた。

　空也はどのような侘しい山中であっても驚くことはない。修行の場は大半がさような人里離れた荒ぶる地だった。だが、京の都は違った。

　空也が立つ祇園感神院の西ノ御門から鴨川に向かって、緩やかにくの字に右に曲がる大路の雰囲気は空也が初めて感じる、

「王都」

の雅な賑わいだった。奥深さだった。

己が歩いてきた道を振り返り、初めて見る風景だと思った。

そのとき、空也は、はっとして気を引き締めた。

何者かが空也を眺めていた。

四年余りの修行中、常に意識してきた、

「眼」

だった。

空也は生死を賭けて多くの武芸者を斃してきた。その恨みつらみが相手の一族郎党や同門の武芸者に引き継がれ、空也の前に立ち塞がるのが武者修行者の日常だった。

だが、空也は殺気の籠った眼ではないと思った。京の都のなかに佇む空也を好奇の眼差しで見ていた。

空也が京の都を異に思うように、修羅場に身を置いてきた空也を異に感じて眺める視線かと思った。

「あんたはん、背丈はいくつや」

と法被を着た老人が石段の下から空也を眺めあげて不意に問うた。問うたのは白髪髷の古老で、もうひとりは若くて痩せた男だった。

「背丈を尋ねておられますか」

「はいな、あんたはんの背丈やがな」

空也は久しく背丈など考えたこともなかった。

「たしかどなたかに最後に教えられたのは六尺二、三寸であったような気がします。ちゃんと計ったわけではありません」

「いつのことや」

「一年以上も前でした」

「見た感じやけど六尺四、五寸おますで」

と若い男が古老に言い、

「お侍はん、あんたはん、京は初めてかいな」

と空也に尋ねた。

「初めてです」

「なにしに京に来はったん」

「空也瀧にて武芸修行し、京は通りかかっただけです。初めての都に接して言葉を失っています」

ふたりが顔を見合わせて頷き合った。

「お侍はん、うちら、感神院の、というても分からへんな。この祇園はんの氏子なんよ」

と若いほうが法被の背を見せた。神紋と思しき印の下に、

「祇園感神院」

の文字が染められていた。

「祇園はんの催しの手伝いしてくれへんか。なあに三日ほどや、寝る場所と食うことは案じんとええわ。礼はそれだけや」

と古老が言った。

「はあ、それがし、なにをなせばよろしいのでございましょうか」

「はいな、武蔵坊弁慶はんを演ってほしいんや」

「はあ、武蔵坊弁慶どのでござるか」

空也は願いの意が分からず問い返した。

「ほいな、あんたはんなら弁慶はんが打って付けや」

と古老が言い切った。

第一章　姥捨の暮らし

一

渋谷眉月を案内して重富利次郎一家の、霧子とふたりの間の一子力之助の四人が高野山の麓、内八葉外八葉の姥捨の郷に訪れて早ひと月が過ぎようとしていた。

姥捨の郷に所縁のある重富一家はもちろんのこと、眉月まで快く受け入れられていた。

力之助はすぐに姥捨の郷に馴染んだ。また江戸育ちの眉月もたちまち幼い霧子を育んだ郷の風景と暮らしに惹かれた。田舎暮らしを受け入れたのは眉月が薩摩藩の外城に住まいした経験があったからだろう。

だが、姥捨の郷は薩摩の外城とはまるで異なる風景であり、暮らしだった。薩摩との大きな違いは、姥捨の郷が高野山の麓にあるということだ。

ともあれ四人はそれぞれがこの郷と御客家(おきやくや)と呼ばれる離れ屋の暮らしにすっかりと溶(と)け込んでいた。

不安は武者修行者の坂崎(さかざき)空也が四人の待つ地に、空也自身が生まれた郷に姿を見せる気配が全く感じられないことだった。

そのことを鋭い勘の持ち主霧子がいちばん察していた。

毎夜、眠りに就(つ)く前のことだ。

このひとときは、三人の大人たちが今日、姥捨の郷でそれぞれが経験してきたことや明日の予定を話し合うためにあった。初めてこの郷で過ごす眉月のために重富夫妻があれこれと話し合う機会を設けたのだ。ために控え部屋の板戸が開かれて眉月はまだ起きていた。

「おまえ様、弟が姥捨の郷に戻ってくる気配がまるでありませんね」

この夜、霧子がこう切り出した。

「姉のそなたの勘にもそう出ておるか」

「利次郎様もさよう思われますか」

と眉月が聞いた。

「うーむ、それがしも空也どのの気配を全く感じぬのだ」

「なんぞ事が起こったのでしょうか」

眉月が案じた。

「いや、眉月様、空也どのが騒ぎに巻き込まれたということではあるまい。もしや最後の最後になって武者修行を切り上げるのを迷われたか」

「さようなことがありましょうか」

眉月は、若い空也の慎重な言動を思い起こして質(ただ)した。

「それがし、本式な武者修行の経験がないでなんとも言い切れぬ。生死の境に四年以上も身を置いた人間は常に不安を抱えて旅してこられたはずだ。姥捨の郷に戻ればもはや武者修行は終わり、穏やかな暮らしに立ち戻れると、常人のそれがしのようには考えられないのではないか。空也どのは厳しい修行を続けてこられたゆえに、いま少し修行をと考えられたのではないか」

利次郎の言葉を眉月は吟味していた。

「おまえ様、私もそんな気がします。となれば、私ども、この姥捨の郷の逗留(とうりゅう)、江戸で考えていた以上に長くなるのではございますまいか。例えば半年から一年、私どもはこの姥捨の郷に暮らすことになりはしませぬか」

霧子の問いに利次郎が頷き、眉月に視線を移した。

「眉月様は、この姥捨暮らしに我慢できますかな」

「私、我慢などしていません。空也様を故郷の姥捨で待ち受けるなど、生涯に一度のことです。楽しみの他はなにもありません」

眉月の言葉は正直な気持ちだと利次郎も霧子も思った。

「となると、私も年神様（としがみ）やお婆様方（ばば）に願い、姥捨の郷の逗留が長くなることと、私どもがこの郷の暮らしになんぞ助勢できることがないかなど改めて相談してみましょうか」

「おお、それはよい考えじゃぞ。こういう考えを霧子が持つであろうことを、きっと空也どのも感じておられるであろう。もっとも空也どのは霧子のほかにわれら一家ふたりと眉月様が姥捨の郷に待ち受けていることは知るまいがな」

利次郎が笑い、最後の言葉に霧子と眉月のふたりが頷いた。

「ならば翌朝、三人でお婆様方にお会いして願ってみましょうか」

との霧子の言葉で寝に就いた。

江戸・神保小路（じんぼうこうじ）。

いつものように大勢の門弟衆がそれぞれ自分の力量に合わせて厳しい稽古をなしていた。

道場主の坂崎磐音は見所の前で広い尚武館道場で繰り広げられる稽古を見ていた。眼前の稽古に注意をやりながら、ふと、

（利次郎一家と眉月様は姥捨の郷でどうしておるか）

との思いが頭に浮かんだ。

高野山の女人高野九度山の慈尊院から利次郎、霧子、そして渋谷眉月の三人が、

「明日には姥捨の郷を訪れます」

との文を半月以上も前に貰っていた。その文を読んだ磐音は、なんとなくだが、

「空也の姥捨の郷到着より先に利次郎一行が姥捨入りしたか」

と思い、おこんにその文を差し出したものだ。

無言で文を読んだおこんの表情に懸念のようなものが過ぎったように磐音には感じられた。

あれから半月が過ぎていた。だが、おこんの手には幾たびも読み返したその文があった。

「すでに利次郎どの一行は姥捨入りしていようが、空也がのう」

「おまえ様、空也はまだ内八葉外八葉の郷を訪ねてはおりませぬか」

「そなたはどう思う」

「この文は利次郎様方からのものにございました」

と応じたおこんが、

「空也はまだでしょうね」

と念押しした。

「母親のそなたがそう感ずるということは、未だ姥捨の郷に空也は入っておらぬということだ」

「空也は武者修行の最中にございますか」

と夫婦が言い合うところに娘の睦月と婿の中川英次郎が座敷に入ってきた。おこんの手に高野山からの文が持たれているのを見て、

「兄上は、未だ姥捨の郷なる生地に姿を見せておりませぬか」

と睦月が母親に質した。

「どうしてそなたはそう思いますな」

「母上は、そうは思いませぬか。三人の想いが籠った文に会うべき人の気配がないのが感じられませんか」

と睦月が言い添え、父を見た。

「それがしもな、そなたの母もそのようにこの文から感じたのだ。利次郎どの方にさような想いと不安が漂っているようでな」

「眉月様は初めての地で兄上を待つ羽目になりましたか。なんともお気の毒です」

睦月が正直な気持ちを口にした。

「いえ、眉月様は決して姥捨の郷で空也を待つことが苦痛などと考えておられませんよ」

「それは母上の考えです」

と睦月が言い放った。

坂崎家のなかでいちばん正直にものをいう妹だが、それは兄の空也や眉月の気持ちを察するゆえの裏返しの言葉だった。

「師匠、空也どのは未だ武者修行の旅を続けておられますか」

英次郎が舅(しゅうと)であり、師匠の磐音に重ねて問うた。

幾たびも神保小路の身内で重ねた問答であった。

「武者修行の最後の最後にきて、『これではならじ』との迷いが出たかのう。独り己の生き方を貫くには強い意志がいろう。空也がこれまでどのような武者修行をしてきたか知らぬ。だが、悟りに達するには空也は未だ若い、迷いが生じたとして不思議ではあるまい」

「となりますと、どこで修行を続けておられますかな」

「さあてのう、薩摩入り以来の修行を想い起こし、修行最後の地を決めかねておるのではないか。腹が決まれば姥捨の郷の姉の霧子と神保小路に文を認めてこよう。のう、おこん」

「と申されると眉月様は初めての姥捨の地で空也をどれほど待つことになりますか」

おこんの気持ちは空也の恩人でもある渋谷眉月の身の上にいった。

「母上、兄上次第です。周りの人をはらはらと案じさせるのが武者修行にございます。いつ兄が姥捨の郷に着くかなどだれにも答えられません」

おこんへの返答を睦月がなした。

「睦月、空也は命をかけての修行の最中、身内の身の上に想いを起こすなどありますまい」

「母上、武者修行者とは勝手な振る舞いをなす者です。そのことをお忘れなく」

だれも睦月の言葉に応じられなかった。亭主の英次郎もなにかを言いかけていったん口を閉ざしたが、

「それがしは武者修行者の心境を垣間見ることさえもできぬ剣術家じゃ。どうにもこうにも空也どのの気持ちを察することができぬ。ともあれ身内であれ気を遣う余裕などあるまい。それが武者修行というものでなかろうか」

「そなた様が武者修行に出ると申されるならば、まず睦月を離縁してお出かけくださいまし」

「睦月、そなたはそれがしが凡々たる剣術家と承知していよう。それがし、生死を百たび繰り返したとて武者修行は考えられぬ」

「英次郎様、凡々たる剣術家の女房で睦月は満足でございます」

と尚武館道場の若夫婦のいつもの問答だった。そして、最後には睦月の矛先が父親に向けられた。

「父上、兄上のように武者修行に没頭する剣術家ばかりでは世の中、立ちいかぬと思いませぬか」

磐音は睦月の苛立ちを受け止めるためにしばし間をおいて応じた。

「睦月、このご時世じゃぞ。もはや武人が政を主導する時世は遠くに過ぎ去っ

たわ、ただ今はいつも申すように今津屋のような商人たちが世間を導いておろう。剣術界そのものがもはや世間から取り残されておるのではないか」

「父上もさようなおひとりですか」

「おお、その一人であろうのう。ただし睦月、勘違いをなすでないぞ。英次郎どのが自らを凡々たる剣術家と評されるのは、この時世から取り残された人間ではないからだ。英次郎どのには大所帯になった尚武館道場を運営する才がある。かように盛況なのは父の名前ではのうて、そなたの亭主どのの手腕である。剣術家も幕府開闢以来、大きく変わったわ。それがしや空也のような剣術一筋の人は世間から取り残された珍しき御仁よ」

と磐音が言い切った。

「おまえ様、空也の生き方を認めておられませぬのか」

こんどはおこんが磐音の主張に、空也の生き方を否定されたと考えたか言い出した。

「おこん、それがしは、このご時世に一人の剣術家が生き抜くのは難しくも面倒と言いたいだけだ」

「それでも兄上はその道に邁進しておられます。ご時世に取り残された人間と承知して剣術修行をしておりましょうか」

睦月の問いにはそう決めつけられないでいる妹の想いが感じられた。

「繰り返すがな、それがしを含めて剣術家がこの時世にどう生きるべきか迷うておるのだ。空也は空也なりの答えを見出す折りに姥捨の郷に足を向けよう」

それがいつかとはだれも聞かなかった。

磐音は身内の者たちと忌憚のない考えを述べ合い、空也が姥捨の郷に向かうのはだいぶ先になりそうだと思った。そして、おこんがお蚕屋敷に籠って病をいやしたあと、体内の憂いや迷いや毒をすべて洗い出したように清浄無垢の表情に変わったのを思い出していた。

（あれは空也を生むための母親の戦い）

と磐音は悟っていた。その空也が二十年の歳月を得て、姥捨の郷を前に迷っていると思った。

真言密教の聖地、空海弘法大師が開かれた高野山金剛峯寺の内八葉外八葉の隠れ里は、坂崎家の節目において二代にわたり関わりを持っているのだ。

磐音は胸中で、

（空也、迷え、とことん迷え）

と思案し、最後には内八葉外八葉の姥捨の郷が大らかに迎えてくださるのだと思った。

姥捨の郷。

その昔、丹入川のほとりに野天道場があった。

二十年前、空也が生まれた折り、この地には松平辰平と重富利次郎のふたりの若武者が磐音の指導のもと、雑賀衆の若者たちに剣術の基を教えていた。そんな野天道場に今は内八葉外八葉の原生林の倒木を利用して、武骨ながら頑丈な道場が建てられていた。

野天道場の昔、鷹次と呼ばれた雑賀衆の少年がいて坂崎磐音一行の手助けをしてくれた。その少年が道場主を務め、その名も、

「尚武館姥捨道場」

と名付けられた道場へと変わっていた。

一行四人が高野山の川の道一ノ口を上って姥捨の郷に到着したとき、道場から木刀で打ち合う音や気合声が響いて四人を迎えたのだ。訪問者の姿を見た少女のひとりが道場主の鷹次に告げた。

鷹次は稽古を止めると自ら迎えに出た。

江戸の尚武館坂崎道場の坂崎磐音から書状で武者修行中の空也が姥捨の郷を訪れることを知らされた年神様から教えられ、鷹次は承知していた。また重富利次郎と霧子の夫婦、そして、その一子の三人ともうひとり、若い娘の四人が空也と再会するために姥捨の郷を訪ねることも江戸からの書状で知らされて姥捨の住人全員が承知していた。

なんと霧子は利次郎と所帯を持ち、一子を連れて姥捨の郷に戻ってくるのだ。姥捨の郷を仕切る年神様やお婆様方に教えられて以来、鷹次は空也の、利次郎一行の訪い（おとない）を心待ちにしていた。

姥捨の郷に入った四人は、迷うことなく鎮守たる八葉（はちよう）神社の社殿に立ち、長いこと拝礼した。

鷹次はその背後に静かに近づき、拝礼が済むのを待った。

不意に大きな体の剣術家が幼子を抱えて姥捨の郷を眺めるように振り向き、鷹次と視線を合わせた。

ふたりの男は無言で互いを見詰め合った。が、言葉が口から出なかった。傍らにいた霧子が、

「鷹次さんですね」

と声をかけた。

「おお、霧子さんや」

と叫び返した鷹次に、

「やはり鷹次さんだったか」

と懐かし気に利次郎が応じたものだった。

あの再会の日からひと月が過ぎて、もはや重富一家と渋谷眉月の四人は、雑賀衆の郷に溶け込んでいた。

利次郎にとって丹入川の流れを見下ろす野天道場が屋根付きの建物に代わったことは喜びに堪えないほどの感激であった。

空也の姥捨帰着がいつになるか分からぬと悟った利次郎は鷹次を手伝い、尚武館姥捨道場で少年たちに直心影流の基を教え始めていた。

道場にはときに霧子が力之助を連れて姿を見せ、霧子自ら力之助に小さな木刀を持たせて稽古の真似事をさせた。それを見た鷹次が、

「わしは空也さんが姥捨を出ていった姿と力之助さんが重なって仕方ないわ」

と思わず瞼を潤ませることがあった。

利次郎らも郷逗留が長くなることを受け入れて、大人三人のそれぞれが姥捨の郷で仕事を見つけていた。雑賀衆の面々もそのことを歓迎していた。

姥捨の郷に初めて逗留する眉月は、幼い娘たちを集めて読み書きを教え始めていた。また江戸を始め、薩摩藩や長崎のことを娘たちに話して聞かせて人気を集めていた。

鷹次は八葉神社で眉月と対面したとき、言葉を失った。のちに鷹次が利次郎に、

「魂消たぞ、あげな姫様をこの界隈で見たことはないぞ。薩摩藩の重臣の姫様が空也さんの命の恩人か」

空也と眉月の出会いを利次郎に聞かされた鷹次が驚きの表情を見せたものだ。

ともあれ数日もすると江戸からの訪問者一行はすっかり姥捨の郷の暮らしに馴染んでいた。

この日の夕刻、利次郎が尚武館姥捨道場に立って雑賀の男衆に指導を始めた。なにしろ雑賀衆はその昔から忍びの一族として特異な技を伝承してきた男たちだ。そのひとりの鷹次が雑賀衆の戦士を相手に指導する力はなかった。だが、重富利次郎は坂崎磐音の一番弟子を任じ、その力量を周囲からも認められていた。さらに利次郎は豊後関前藩の江戸藩邸に仕官をして、剣術を藩士たちに指導する立場

にあった。同時に神保小路の直心影流尚武館坂崎道場の師範代でもあった。

十六、七年ぶりに再会した若武者だった利次郎が堂々たる剣術家に育っているのは、雑賀衆の男たちにも直ぐに分かった。そこで夕方の稽古には雑賀衆の面々も参加して利次郎から指導を受けた。

一方、鷹次は雑賀衆の少年たちを相手に指導をした。

一刻（二時間）ほど稽古を為した面々は、道場近くに湧出する河原の温泉に浸かり、内八葉外八葉の夕暮れを楽しむのが日課になった。

「利次郎先生、もはや磐音先生との打ち合い稽古では三本に一本くらい取れような」

と鷹次と同輩の稲次郎がいきなり問うた。

「稲次郎さん、二十年近く前、それがしがこの郷におったとき、磐音先生と弟子の間には途轍もない力の差がござったな」

「おお、それよ。磐音先生は歳をとられた。一方、利次郎さんは身体がさらに一段と大きくなり、技は大したものだ。打ち合いでは三本のうち、二本はなんとかなるか」

「うわっははは」

と利次郎が鍛え上げられた体を揺すって笑い、

「三本とも利次郎さんがとるか」

「稲次郎さん、勘違いも甚だしいな。ただ今の重富利次郎、磐音先生と半日打ち合い稽古をしようと一本もとれぬ」

「まさかそんなことはあるまい」

「いや、真のことよ。それがしが霧子に従って姥捨の郷に来たのはな、空也さんがどれほど力をつけたか、磐音大先生から一本とる剣術家がいるとしたら、空也さんしかおるまいと一日でも早く確かめたくて参ったのだ」

「そんなものか。驚いたな」

利次郎は、この地で雑賀衆の男衆とともに戦にも加わり、田植えにも参加した間柄だ。

「稲次郎、さような話はなしにして今宵はうちで一杯飲むぞ。わしがな、年神様にも三婆様にも断ってあるでな」

と鷹次が言って河原の湯から、
わあっ
と歓声が上がった。

そんな男衆のなかに利次郎と霧子の一子の力之助がいた。

（姥捨は霧子だけの故郷ではないぞ、利次郎や力之助父子の古里でもあるぞ）

と利次郎はしみじみと思った。

二

「そなたはん、空也はんと言われるか、空也上人の空也やな」

と祇園社の氏子総頭の年寄りが空也に質した。

「いかにもさようです」

「あんたはん、古、京の都を拠点にして二十年余り栄華を誇った平家をだれが潰したか承知か」

「どなたかに聞かされた話にございます。たしか源氏一統ではありませぬか。その勝ち戦の戦人のひとりが源義経様と聞かされました」

「おお、承知か。そや、名門清和源氏の末裔のひとりが京に生まれた牛若丸こと源義経はんや。この牛若丸はん、平清盛の一族が威勢を誇っていたころ、清盛はんに囚われの身になってな、頭を丸めることを条件になんとか命を助けられたんや」

「さようでございましたか」

と応じた空也だが話がどこへ展開するか夢想もつかなかった。

「よう聞きや、京の北の方角、洛北にな、鞍馬寺という名の一寺がおます。この寺で牛若丸はんは修行しはったんや。坊さんの修行だけやおへん。清和源氏の血をひく牛若丸はんのこっちゃ、武芸の修行を鞍馬山でしはったんや」

空也はただ氏子総頭の話に耳を傾けるしかなかった。

「十六歳になった牛若丸はんは、鞍馬山を密かに下りてな、源義経はんと名を変えられたんや。そんでな、平家に支配されておる京を離れ、奥州の平泉に赴き、平家討伐の機会を窺うていたんや」

空也は話の先が分からないながらも、うんうんと首肯した。それを見た氏子総頭五郎兵衛老が、

「よう聞きや、あんたはんにとって大事な話が始まるがな」

と空也の注意を改めて喚起し、話を再開した。

「義経はんが、ひとりの荒法師に出会ったんは、平泉からこの京に戻ったときや。あんたはんの役やがな、分かるか」

「ござるなやなんて、あんたはんも武者修行者やろ、しっかりせんかいな」

「はあ、なんとも凄まじい武蔵坊弁慶どのでござるな」

「うちもよう知らん古い話ばかりや、室町に幕府があった頃に書かれた『義経記』という本があるがな、弁慶はんはな、この京の都で千本の刀を奪おうと決意してな、なんと九百九十九本は、平家一族の武士らから奪いとったんやがな。あんたはん、この京やないで、古の戦国の御世に九百九十九人を負かすことができるか」

「は、はい」

「そうや、空也はん、もう少し我慢して聞きいな、うちの、この年寄りの五郎兵衛の話をな」

「待ってくだされ。武蔵坊弁慶どのと戦う相手は牛若丸どのですね」

と総頭が言い切った。

「荒法師はんはな、紀州南部の聖地、熊野三山の統括者である別当の子として生まれはって、比叡山の僧になった武蔵坊弁慶はんや」

「はあ」

と空也は曖昧に返事をした。

と空也を叱った氏子総頭五郎兵衛老が、

「千人目の相手に牛若丸改め義経はんの腰の刀を狙ったんや」

「おお、牛若丸と弁慶の一騎討ちですね」

「空也はん、どうなったと思う」

「たしか鴨川に架かる四条のうえで丁々発止と戦ったのですよね」

空也の言葉に頷いた相手が、

「弁慶はんは長い薙刀を振りかざし、未だ年端のいかない義経に斬りかかったんや。ところが義経は、なんともすばしこうてな、右に左に五条の橋の、そや、あんたはんは四条の橋と言うたがな、四条の橋はまだしっかりとした橋やおへん、たびたび大水に流されたがな。つまり四条大橋やのうて五条橋の上で、華麗にも舞い踊った義経はんの動きに弁慶はんは、翻弄されてな、降参して義経はんの家来になったんや。このあとのこっちゃ、義経はんと弁慶はん主従が世に出るのんはな。平家相手に摂津一ノ谷では平家の盲点をついて崖から馬で駆け下り、屋島では背後から敵陣を襲って平家を滅亡させる話があるんやがな、空也はん、あんたはこちらには関わりなしや。知らんでええわ」

「はあ、それがし、牛若丸に負ける武蔵坊弁慶の役回りでございましたね」

「おうさ、あんたはんの弁慶と桜子という名のな、舞妓はんが扮する牛若丸こと義経さんの丁々発止を今年の祇園社の呼び物にすることにしたんや。そんでな、弁慶役を募ったが、舞妓相手に負ける弁慶なんて、演れるかと言うてな、だれも引き受け手がないんや。そんな折り、祇園社の西ノ御門前であんたに、空也はんにわしら会うたんや。祇園社の稽古場に入った弁慶はんはあんたはんひとりや、わてが考えるにぴったりの役どころやで。ここはな、なんとしても演じてほしいんや」

と氏子総頭が空也に強い口調で改めて願った。

空也はようやく事情が分かり、言葉もなく黙り込んでいた。

「あんたはんに注文があれば聞くがな、ここはなんとしても、うん、と返答をくれへんか、空也はん」

「あのう、祇園の花街の舞妓衆がそれがしの相手ですか」

「本気の戦いやおへん。お芝居の戦いやがな。あんたはん、祇園花街の舞妓はんを承知かいな」

「いえ、最前、空也瀧から京に入ったばかり、次なる修行の場を京にて思案しようと思うていたところです。舞妓衆がどのようなお方か存じませぬ」

「なんやて、あんた、空也瀧で修行したんかいな、ほなら、ここらあたりでしばらく体を休めてもいいんと違うか」

「はあ」

「はあ、ではおへん。しっかりと舞妓はんの源義経の相手、武蔵坊弁慶はんを演じなはれ、これも武者修行のひとつやで」

「見世物(みせもの)の源義経と武蔵坊弁慶の芝居が武者修行ですか、ううーん」

と空也が唸(うな)った。

しばしその空也の迷いを見ていた五郎兵衛老が、

「あんたはん、これまで何年武者修行をしてきはったんや」

「十六の歳から四年になります」

「牛若丸はんが、奥州平泉に修行にいった歳と同じやな。大男総身(そうみ)に知恵がまわりかね、というがな。あんたはんも、勝ったり負けたりの勝負やろうな」

と年寄りが決めつけた。同席する祇園社氏子衆は、ふたりの問答をにやにや笑いして聞いていた。

「かように生きておりますゆえ、一応生き残ったということでしょうか」

「真剣勝負やで、そんで生き残りはったか。まあ見栄でもそう言いたい歳ごろやな」

　氏子総頭五郎兵衛老は空也の言葉を全く信用していなかった。

「武芸者同士の戦いに虚言や見栄は関わりございません。生きるか死ぬかの真剣勝負です」

　と空也は総頭に応じてみたものの真剣に問答するのも馬鹿馬鹿しく思えた。

「まあ、いいがな、あんたはん、負けたことおへんと言い張りたい気持ちはよう分かりますわ、そう聞いときましょ。いいな、負けを知って、勝ちの価値を知るということもあるな。それが真の武者修行者と違うかいな」

　空也には理解がつかぬ五郎兵衛老の主張だった。

「いいわ、あんたはん、相手の牛若丸改め義経はんと対面し。けどな、舞妓はんに会ったあと、いややとは言えまへんえ」

　と言った氏子総頭が空也の言葉も聞かず、

「桜子はん、義経はん」

　と稽古場の奥に向かって叫んだ。

「お呼びですか」

　と清々しい声音がして、白無垢の衣装に紅色の襷をかけた娘が姿を見せた。

「うむ」

空也は凜々しい武芸者の義経というより、幼名の牛若丸といった風情の美少年を見た。その唇に紅が刷かれていた。それがびっくりするほど似合っていた。

舞妓の桜子が扮する義経は空也よりも一尺八寸は背が低かった。だが、かようなことに慣れているのか、義経は平然として空也を見上げて、

「魂消たわ、総頭はん。まるで物語のなかの武蔵坊弁慶がうちのまえに立ってはるがな。ほんものの武蔵坊弁慶はんやで」

と言い放った。

「おお、このご時世に十六の歳から武者修行をしてきたと当人がいわはるけどな、話半分に聞かかんとあかんやろ」

「そやな」

と返事をした桜子の義経が、

「あんたはんの名はなんや」

「空也でござる」

ここでも姓は名乗ることはしなかった。

「空也はんな、武者修行に行かはった最初の地はどこどす」

「薩摩でござった」

空也の返答に、ほれ、見いや、と言った顔を五郎兵衛老が祇園感神院の氏子衆たちに向けた。

「空也はん、うちらに嘘をつかんでもいいわ。薩摩国は他国の人間を入れてはならぬお国柄として京でも知られているがな。このこと、きびしゅうてな。正直、桜子はんに応えなはれ」

と氏子総頭が言い放った。

「ううーん、総頭どの、それがし、虚言を弄する真似はしており申さぬ。薩摩に入ったゆえ入ったと申しておる。ただし、わが二本の脚で国境を越えたのではのうて、川内川の葭原に半死半生で、土地のお方に見つけられ、二月近く気を失って床に伏しておりました。薩摩ではそれがしがかように死にかけ、江戸のわが家では弔いを為そうとしたほどでござる。たしかに入国は厳しゅうござるが、同時に武者修行を助けてくださるお方もおられました。それが修行の始まりにござった」

空也の言葉に総頭がなにか言いかけたが桜子が、

「総頭はん、うち、空也はんの言葉、信じます。真のことを言うておられるのと違いますん」

と言い出した。

「なに、この大男の言葉を信じるてか」

と氏子総頭が応じると、氏子たちが、

「桜子のいうこともっともやと思うわ」

「いや、大男はな、相撲（すもう）取りでも剣術遣いでも意外に強くおへんと聞いたことがあるわ」

と言い合って、がやがやとひと騒ぎが繰り広げられた。

「まあ、祇園社の信徒さん方への芝居や、武蔵坊弁慶はんが強かろうと弱かろうと大した違いはおへん。なにしろ桜子の義経はんにきりきり舞いさせられる役目や。それより、稽古を始めようやないか」

氏子総頭の五郎兵衛老が問答を終わらせようとした。すると、桜子の義経が、

「総頭はん、うち、相手の武蔵坊弁慶はんを演じる空也はんのほんまもんの力が知りたいわ。そのほうが稽古にも身が入るのと違いますか」

と言い出した。

「ほんまもんの力が知りたいて、どないするんや、桜子はん」

「総頭はん、容易(たやす)いがな、うちと空也はんが打ち合いすればいいと違う」

　とあっさりと宣告した。

「なんやて、本気かいな」

　と驚きの言葉を告げた五郎兵衛老が、

「あんたはん、藩名は出せまへんがな、桜子の親父様は京屋敷を持つ西国の大名はんの家臣やがな。桜子はんは、親父はんから小太刀(こだち)とやらの稽古を習うておるんやて。並みの男衆は敵やおへん」

　と空也に説明した。

　武士の娘が舞妓というのにも驚いたが、小太刀の技で空也と打ち合い稽古を望んだことにも空也は面食らった。

（京はなんでも違うな）

　と思った空也は、

「桜子どの、真に打ち合い稽古をなされますか」

「空也はん、大したことおへん。少しの暇、打ち合えば互いの力が分かりますやろ」

　と桜子が言い切った。

「道具は木刀ですか、竹刀ですか」

「空也はん、お互い腰にある刀はほんまもんやろ。いけまへんか」

と言った桜子が、

「空也はん、背丈も高いがあんたはんの刀も長うおすな。銘はおますか」

しばし迷った空也が答えた。

「備前長船派修理亮盛光にござる」

桜子もしばし沈黙で応じた。

「魂消たわ」

と桜子がようやく応えると総頭の五郎兵衛老を見た。

「うち、相手などできまへんわ」

「どないしたんや」

「どないしてや」

「修理亮盛光を携えるお武家はんは京にはひとりとしておへん。うちら、空也はんを舐めていましたんや」

「えらい刀を空也はんは持ってはるか、それも虚言と違うか」

五郎兵衛老が言い、空也を見た。

空也は桜子に初めて興味を感じた。

「桜子どの、いやさ、源義経どの、そなた様の相手が出来るかどうか、薩摩で覚えた野太刀流剣法の基を披露いたす。とくとご覧いただき、打ち合いをなすかどうか決めるのは、そのあとでよかろう」

と宣告した空也は道中嚢を下ろし、道中羽織を脱いで稽古場の片隅に置いた。

そんな動作を、桜子を始め氏子総頭の五郎兵衛老らが、じいっと見ていた。

つかつかと稽古場の中央に戻ろうとする空也の動きを見て、祇園社の氏子衆が部屋の隅に下がって場を空けた。

「源義経どの、わが武者修行の一端ご覧あれ」

と稽古場の一角に立つ桜子に改めて告げた。

修理亮盛光を腰に差し戻した。当然盛光は上刃だった。しばし間合いをとった空也がくるりと盛光を下刃にした。京の人間には、なんとも不思議な動作だった。

「なんと」

と桜子の口から驚きが洩れた。

空也は襟元に差していた二つ折りの懐紙を右手で抜くと虚空に、

ふわり

と浮かばせた。

次の瞬間、ゆっくりと空也が修理亮盛光を抜いて構えた。

桜子の口から、

「うっ」

という声が洩れた。

五郎兵衛老に祇園社氏子衆の男たちが言葉もなく空也の動きを凝視した。

盛光が躍った。

光に変じた刃が懐紙に向けられて、二つに斬った。が、続けざまに刃は躍り、虚空に二つになって浮かぶ懐紙をそれぞれ斬り分けていく。

淡々と懐紙が四つになり八つになり十六片へと斬り分けられ、ついには祇園社の稽古場に真っ白な「雪」が舞っていた。

すっと姿勢を正した空也が盛光を鞘に納めた。

雪が稽古場を白く変えた。

空也にとって造作のない独り稽古、武者修行の一環だ。

稽古場の一同は無言だ。

長いこと、沈黙が支配した。

「源義経様、稽古をいたしませぬか」

「は、はい」

と狼狽の声音を洩らした桜子が、

「えらいお方を武蔵坊弁慶役に見つけてこられたな、どなたはんどす」

と言った。

すると氏子総頭の五郎兵衛老が、

「わしや、祇園社西門に佇む大男に声をかけたんは」

とこちらも狼狽の声音で言った。

「うちら素人が見てもただ者と違うで。桜子はん、あんた、大丈夫か。見世物の場で幾たびも殺されとうおます。かような技量の武芸者は京におらしまへん」

「五郎兵衛様、うち、空也様に殺されへんか」

と言い切った。

「ご両者、そろそろ、稽古に入りましょうか。それがしの薙刀はどこにございますかな」

という空也の平静の声音が稽古場に響いた。

三

舞妓の桜子、華やかな舞妓の衣装に白袴と羽織を着た姿の腰に小太刀と竹笛を差して高下駄を履き、構えをとると、空也がびっくりするほど凛々しい若武者牛若丸に変身していた。

手には満月をあしらった扇子を握っている。

一方、武蔵坊弁慶役の空也は、頭を丸める代わりに鬘をかぶり、白頭巾までつけさせられた。八の字の口ひげまで着けて、白小袖の上に黒の綿入れの衣装を着せられて太い丸帯を腹前に大きく結び、腰にはほんものの大小、家斉様から拝領した修理亮盛光と脇差を差し落としていた。

それでも高下駄を履かされた牛若丸と武蔵坊弁慶との背丈の差は一尺以上あり、小柄な牛若丸を見下ろした空也は、なにやらほんものの悪人になった気分に陥った。

薙刀の刃はむろんほんものではない。反りのある木製の刃に銀紙を貼ったものだ。その長さは八尺ほどもあった。

「ご両人、稽古を始めまひょ。まずは牛若丸はんから動いてみなはれ」

　氏子総頭の五郎兵衛老が桜子ならぬ牛若丸に命じた。

　会釈をした牛若丸が扇子を構えると、ひょいと五条大橋の欄干に見立てた木の台めがけて高下駄姿で軽やかに飛んでみせた。

（おお、なかなか軽やかな動きかな）

　と弁慶役の空也は感心した。

「弁慶はん、見たな。祇園の舞妓はんは、ふだんから厳しい踊りの稽古を積んでおるがな。それに桜子はんはお武家さんの家に生まれたんや。決して軽んじたらあきまへんえ」

「畏まって候」

　五郎兵衛老が武蔵坊弁慶に注意した。

　と空也が答えると、

「それそれ、もそっと威張って返事をせんと悪役武蔵坊弁慶にならしまへんがな」

　といきなり注意された。

「わしは武蔵坊弁慶なるぞ」

空也が見物する氏子衆を睨んでみせた。

「それやがな、ついでに武蔵坊弁慶と名乗る折りは、鞍馬山の大天狗と弁慶はんの前につけなはれ。そのほうがなんやら大物に見えるがな」

「鞍馬山の大天狗、武蔵坊弁慶なるぞ」

空也は大仰な動きで稽古場の天井をぐるりと見渡し睨んでみせた。

「いいがな、段々と弁慶はんになってきたがな」

五郎兵衛老が褒めて、

「難儀はその八尺の薙刀やで、振り回してみんかい」

と空也を見た。

「われは鞍馬山の大天狗の武蔵坊弁慶なるぞ」

と言いながら、八尺余の薙刀を軽やかに振りまわして見せた。だが、造り物の薙刀が軽すぎて迫力に欠けた。それでも五郎兵衛老が、

「おお、一応武者修行をしとる侍はんや、形になっとるがな」

と褒めてくれた。

空也は武者修行の先々で剣ばかりか本身の槍や薙刀を手にして稽古をした経験があった。だから造り物の薙刀を振り回すなど容易かった。だが、本身とはまる

で違って造り物そのものだった。

「いささか本身の薙刀より軽うござるな。なんとのう本身の凄みがござらぬな」

「あんたはん、これはお芝居でっせ。造り物の薙刀らしく重々しく振り回してみなされ」

「なに、本身らしくな、うーむ」

と言いながら薙刀をゆっくりと動かすと、ぎくしゃくして様にならなかった。

「あきまへんな」

五郎兵衛老がいい、桜子の牛若丸が、

「弁慶はん、薙刀をうちに貸してみなはれ」

と受け取ると小柄な体に八尺の薙刀を構えて、虚空からハの字に斬り分けて見せた。

「おお」

と空也が驚いた。

桜子の手の造り物の薙刀が本身に見えた。

「弁慶はん、あんたはんは未だ空也はんやがな。武蔵坊弁慶はんの手にある薙刀はほんまもんやと思わんと、いつまでも造りもんやがな。気持ちをこめんとあきまへん」

と叱りながら小柄な体の小脇に長刀を抱えて高々と飛んで見せた。

「おお、なんとも上手でござるな」

と空也が褒めた。

桜子が動きを止めて、

「空也はん、あんたはんの腰の刀はほんまもんやったな」

「最前ご覧になったようにいかにも本身の修理亮盛光にござる」

「そのほんまもんの刀をもう一回お芝居の場と思うて、使うてみせてくれへんか」

「なに、わが盛光をもう一度見せてくれと申されるか」

しばし迷った空也は、物心ついた折りから習ってきた直心影流の奥義、法定四本之形の一、八相の構えをなした。

「おおー」

と五郎兵衛老が思わず驚きの声を洩らした。

「なかなかやるがな」

空也は父伝授の奥義を無心に続けた。となると盛光の刃が虚空を切り裂く音が、桜子に、五郎兵衛老らに伝わった。

「空也はん、その気持ちやわ」

と桜子が空也に声をかけた。

空也は盛光を鞘に戻すと桜子が差し出す造り物の薙刀を受け取り、朝晩繰り返すタテギ打ちの気持ちのままに振ってみせた。

「それやがな、その動きやがな。さすがは武者修行の空也はんや、ようお芝居のコツを摑んだがな」

と言った五郎兵衛老が、

「よっしゃ、ここは稽古場やないで。鴨川に架かる五条の大橋や。満月が祇園社の西門の上に輝いとるがな。いいな、武蔵坊弁慶はん、今宵は千本目の刀を奪いとらんと橋の上に待ち構えとるんや」

と空也を差してその気持ちになれと命じた。

空也が、いや、武蔵坊弁慶が薙刀の石突を橋板に突き立てるようにおいて橋の上を睥睨した。

五郎兵衛老が無言で桜子、いや、牛若丸を差した。すると五条大橋に西方から竹笛を奏しながら牛若丸が登場してきた。

五郎兵衛老がこんどは反対側に立つ武蔵坊弁慶を差した。

トーンと石突で橋板を突いた弁慶が、

「われは鞍馬山の大天狗、武蔵坊弁慶なるぞ」

と朗々とした声音で言い放った。

「おうおう」

五郎兵衛が満足げな顔で頷いた。

「何用なるか」

と牛若丸が応じて、

「われ武蔵坊弁慶、武士（もののふ）から刀を千本集める宿願ありて、今宵はちょうど千本目。黙って腰の刀を置いていけ」

「鞍馬山の大天狗と申すか、愚かな者の行い、千本足りえず。とっととわれ牛若丸の前より立ち去りなされ」

「おのれ、抜かしおったな。わが薙刀を食らえ」

「おう」

と応じた牛若丸が竹笛を扇子に変え、扇子をひらひらさせながら、薙刀の刃を避けて丁々発止の戦いが始まった。

「止めや、ここで止めや」

「総頭、あきまへんやろか、うちら」

と桜子が叫んで問うた。

「いや、なかなかの迫力や、五条大橋の戦いがでけとるがな、さすがに武者修行を名乗る侍はんだけあるわ。呼吸を摑んだな、おふたりはん、この先は今宵の本番に演じてくだされ」

と両人に言った五郎兵衛老が空也を見た。

「それがしに注文がござるか、なんなりと申されよ」

「わてな、えらい考え違いをしとったわ。あんたはん、ほんまもんの武者修行者や。たった一度の稽古であの呼吸、並みの剣術遣いと違うとるわ。今宵の本番が楽しみやで」

と言い切った。

「総頭、本番と申されたが、この稽古場に見物の衆を入れまするか」

「いいえ、違います。本番の舞台は別の場所や。いいな、楽しみにしておりなされ」

と五郎兵衛老が言い切り、

「本番は六つ半（午後七時）やで」

と言い残して氏子衆も五郎兵衛老も、牛若丸役の桜子まで稽古場から姿を消した。すると女衆が盆の上に握りめしと具のたくさん入った丼汁を載せてきた。

「腹が減っては戦はできしまへん。仰山食べや、武蔵坊弁慶はん」

と盆を空也の前に出すと、腹がぐうっと鳴った。


祇園感神院の表門は、石の鳥居がある南楼門だ。

この明神鳥居、正保三年（一六四六）に建立されたが寛文二年（一六六二）に地震で倒れ、四年後の寛文六年に補修再建された。石の鳥居の南側には、清水寺や八坂の塔として有名な法観寺や高台寺があった。

一方、西門は鴨川の四条大橋から延びる四条通と東大路がぶつかる場所に朱塗りの楼門を見せて俗界を見ながら聳えていた。花街の祇園や花見小路の角にある一力茶屋や芝居小屋が多く軒を連ねる繁華な町並み、四条通の東端にあるためだ。

ために祇園感神院の表門を西門と勘違いする旅人が昔も今も多くいた。

握りめしと具だくさんの丼汁に満足していた空也は稽古場で午睡をとっていた。

「武蔵坊弁慶はん、起きんかい」

と若い声に起こされると、

「牛若丸と武蔵坊弁慶はんの立ち合いが始まるがな」

と告げられた。

最初に空也に声をかけた氏子総頭に従っていた若い衆だ。

「もう刻限でござるか」

「おお、六つ（午後六時）やがな。もう大勢の見物人が集まっとるがな。あんたはんの武蔵坊の化粧と形を直さなあかん」

と最前空也の形を変えた女衆が控えていた。

「あらあら、最前の形が台無しやないの」

と言いながら手際よく口ひげをしっかりと着け直し、本物の眉毛に大きく描き足した。

そんな様子を若い氏子が見ながら、

「空也はん、なかなかやるやないか。舞妓のなかでも芸達者な桜子はんと対等に戦いよるがな、総頭が、めっけもんやったと喜んではるわ。あんた、ほんまに武者修行をしてきたんかいな」

「それがし、薩摩の野太刀流の続け打ちをご覧に入れましたな。あの技を見ても信じられませんか」

「おお、あれな、びっくりしたわ。けどな、あの程度なら三日も稽古すればできるのと違うか」

　空也は、「朝に三千、夕べに八千」の続け打ちを積んでなった技の一端と説明しようとしたが止めた。その代わり、

「兄さんの名はなんと申されますな」

と質した。

「わいか、五郎兵衛の倅で三郎次や」

「なんと、総頭どのはそなたの父御でしたか」

「おお、末子やで孫とよう間違えられるがな。わいの名を聞いてどうする気や」

「あれから考えたのです」

「おい、武蔵坊弁慶を止めるなどと言わへんな」

「約定をした以上、それはありません。牛若丸と武蔵坊弁慶は、五条の橋の上で戦ったのとは違いますか。祇園社の西に見えるのは四条大橋でしたね」

「おお、あれか。曰くはな、あれこれとあるのよ。なにしろふたりが戦ったのは、六百年も前のこっちゃ」

「えっ、両人が戦ったのはさような古(いにしえ)のことですか」

「おうさ、この界隈の人でもな、五条の橋、いや、松原橋(まつばらばし)やとあれこれといいよるわ。四条の橋はたったひとつ北に上がった橋やがな、四条であっても橋は橋、変わりないやろ」

三郎次の大胆な発言を空也の衣装を直す女衆がけらけらと笑い、

「相変わらず三郎次はんは、いい加減なお人やな。お侍はん、この見世物がどだいいい加減な催しや。そう真剣とならんと楽しみなはれ」

髪結(かみゆ)いの女衆が言い、

「それはな、高すっぽの空也はん、空也はこの催しはなんのためかと三郎次に質した。

催しはないがな、そこでな、親父たちが何年も前からあれこれと考え、五月に祇園の祭礼が終わったら秋には大した武蔵坊弁慶はんの立ち合いを再現することにしたんや。そやから女衆のいうように」

「楽しんでようございますか」

「見世物なんて、演じる当人が楽しまんとおもろうないわ」

と三郎次が言い放った。

「お侍はん、いくつや」

「二十歳でござる」

「二十歳か、桜子はんは十七歳やで、それであの貫禄と芸や。お侍はん、桜子はんと一騎討ちなんて花街ではできしまへん。見世物かというて馬鹿にしたらあかん、なんでもな、知らへんことを知るのはええこっちゃ」

と女衆が最前とは違う言葉を吐いた。

「桜子どのは武士の家に生まれたと聞きましたが、舞妓が好きなのでしょうね」

「舞妓がなにもんか、芸妓はんがどないな女子衆か、空也はん、知らへんな」

「京に入って未だ一日も過ぎておりません。ゆえに舞妓がどのような仕事か知りませぬ」

「桜子はんに惚れたらあきまへんで、仰山お金がかかるがな」

「武者修行は、金子がなくともなんとのう生きていけます。金子がないがゆえに長崎に逗留中、それがし、上海なる唐人の国の都に出稼ぎに行きました」

「はあっ」

と三郎次が洩らし、

「空也はんよ、お互いもう承知の間柄やし、いい加減なこと言うたらあかんわ。異国に行けるはずもなかろうが」

「長崎会所が所有する船に乗せられて数日がかりで上海を訪ねたのは真です」

「よそでは通じても京ではさような話はヨタ話と笑われるで」

と一笑に付された。

「信じてもらえませんか。京は難しいところですね」

「おうさ、嘘話をまことというても京では通じんわ」

「三郎次はん、弁慶はんの形ができたで」

と女衆に言われた三郎次が、

「いいか、空也はん、ホラ話はせんと桜子はんの家来にしてもらいな」

と言った三郎次が空也を案内して稽古場を出た。

「舞台に立ったらすでに武蔵坊弁慶やで」

「三郎次どの、舞台はどこに設えられてあるのですか」

「そりゃ、この界隈で一番賑やかなとこや」

「ほう、人が集まる場所ですね」

「おうさ、空也はんは昨日まで洛北の空也瀧にいたそやな。あの辺りは鹿やら猪やら熊が出えへんか」

「熊は会いませんでしたが、猪や鹿はしばしば見かけました」

「人間はどないや」

空也はしばし答えるのに迷った。

「どないしたん」

会った人物がいるとしたら清滝(きよたき)の郷人か、空也と戦った名無しの武芸者しかいない。この人物はすでに埋葬が済んでいた。

「郷人をちらりと見かけた程度です」

「京の都は違うで、人が仰山おるがな」

「それでも人集めせぬと祇園社もお困りなのですね」

「いかにもさようや。神はんもな、銭がないと生きていけんのや」

と三郎次が言い切ったとき、空也は見知った朱塗りの門の裏側に出ていた。なぜかいつもは開け放たれた門が板塀で閉じられていた。

「ここは祇園社の西ノ御門と違いますか」

「そや、わしらが初めて会った西門や」

朱塗りの西ノ御門の向こうに集まる大勢の人びとの熱気が板塀越しにひしひしと感じられた。

「芝居には問答がありますね」

「おお、台詞があるがな」

「それがし、聞かされておりませんぞ」

「問答は桜子はんが引っ張ってくれます。空也はんは好き勝手に御託を口にしなされ。さあ、武蔵坊弁慶はん、出番やで」

「はっ、まさか四条通の突き当たりの西門が舞台とは言われませんよね」

「祇園感神院西ノ御門が、おまえはんと桜子はんの一騎討ちの戦場や。これだけの舞台は鴨川傍の芝居小屋にもないわ。しっかりと演じんかいな」

（なんということか）

と空也は思ったがもはや遅かった。

「こっちやで、武蔵坊弁慶は五条大橋の東詰めから出らんかい」

三郎次が朱塗りの西ノ御門の右手に連れていった。

その途端、東大路と四条通の交差する場に大勢の人びとが密集しているのが見え、人いきれに蒸された氏子衆に担がれた祇園感神院の三基の神輿が人の波のなかに下ろされた。

四

空也は、いや、武蔵坊弁慶は一瞬三差路にびっしりと詰め掛けた見物の衆を見て茫然自失した。が、十六の折り、薩摩に命をかけて入国して以来の数多（あまた）の武者修行の経験が脳裏を過ぎると、

ふっ

と頭の中を冷たい風が吹き抜けた。

（われは鞍馬山の武蔵坊弁慶なり）

と己に言い聞かせた空也は、

すっ

と五条大橋の橋板に歩を進め、

「絶景かな、絶景かな」

と腹の底から朗々とした声を響かせた。

「武蔵坊弁慶はん、清水（きよみず）さんの舞台の台詞やがな、ここは鴨川に架かる橋の上やで」

どこからともなく京の住人と思しき抗い声が響いた。

武蔵坊弁慶は手にした八尺余寸の薙刀の石突を朱塗りの楼門、いや、五条大橋の橋板にこつんと打ち付けると、大薙刀を悠然と回し、声の主を睨んだ。

「わあっ」

と恐怖の悲鳴を洩らす住人を無視した弁慶は、

「絶景かな、絶景かな」

とふたたび台詞を繰り返した。

「ここは洛北の深山から落ちてくる鴨川の流れ、四条の橋向こうには祇園精舎の祇園感神院の朱塗りの西門ありて、さらには東山聳えたり」

と一拍間を置くと、

「かくなる京の都の絶景、他国にはなし。これをして絶景かな、絶景かな、と評したり」

と台詞を続けると三基の神輿が白法被の氏子衆によって高々と差し上げられ、神輿のあちらこちらを男衆が叩いて、やんやの声とともに賛意を示した。すると万余の見物から大声の声援や拍手が沸いた。

「待ってました、鞍馬山の荒法師」

と叫ぶ声もした。

弁慶はその祇園社の神輿と見物衆をぐるりと睨み回し、

「世末代になりぬれば、仏の方便、神の験徳も衰えさせ給いて、人住み荒らし、偏に天狗の住処となりて、夕日西に傾けば、物の怪喚き叫びおり。されど、われ、武蔵坊弁慶、物の怪に非ず、魔界の鞍馬山を救わんと京の都にて宿願を立てたり」

弁慶がふたたび三度、大薙刀を振った。すると、

びゅーんびゅーん

と造り物の銀紙の刃が宵闇の楼門ならぬ、五条大橋の気を両断して鳴り響いた。もはや見物の衆も息を飲んで武蔵坊弁慶の独り芝居を見ていた。

「宿願とはなんぞや」

舞台の外から桜子の、いや牛若丸の声が問うた。

「われの宿願とは、禁裏の都を守護すべき武士の腰の刀を千本集め、都の平安を取り戻すことにあり」

と叫ぶと、

「鞍馬山の大天狗、魔界尊はおまえやないか」

との声が見物人のなかから響いた。

「いかにもわれ、鞍馬山の魔界尊の大天狗なり。禁裏の武士がその任を務め得れば、鞍馬山の魔性など荒ぶることなし。ために弱侍の千本の刀を集めて、鴨の流れに投げ落とし、京の都を蘇（よみがえ）らすなり。とくと聞かれよ。今宵こそ宿願の千本目の刀の主をこの五条大橋にて待ち受けん、いざ来たれや、弱侍め」

と空也は胸のなかに浮かんだ台詞を羅列して弄しているうちに鞍馬山の荒法師武蔵坊弁慶そのものに変じたような気になった。

「驚いたわ。こりゃ、どえらい武蔵坊弁慶やがな」

祇園社の氏子総頭の五郎兵衛老が思わず洩らした。

「親父、空也と名乗った荒法師に桜子の牛若丸はやられへんか」

と倅の三郎次がたった今別れたばかりの武者修行者が鞍馬山の荒法師に変じていることに恐れをなして言った。

「桜子の牛若丸があの大薙刀で斬られたら、えらいこっちゃ。なんとかせんとあかんがな」

「総頭、祇園社の神輿も沈黙しとるがな、どないしょ」

と氏子衆のひとりが案じたとき、武蔵坊弁慶が立つ反対の橋の陰から、

ひゅっ

と竹笛の音が清らかにも鳴り響いた。

その笛の調べは、五条大橋を模した祇園社の朱塗りの西ノ御門に響いて武蔵坊弁慶の姿を陰らせた。

「おお、待ってたがな、牛若丸はん」

「いやさ、源義経はん」

と見物の衆の間から小さな声がした。

笛の調べが止んだ。

「われ牛若丸は、洛北の地に老杉古檜(ろうさんこかい)がうっそうと茂る鞍馬山の鞍馬寺に七歳の折りに入りたり。この地、魔性が住みし魔窟(まくつ)なり。われ、鞍馬山にて出家修行に励み、長ずるに従って清和源氏の武士の出自を感じて武芸修行に没頭したり」

牛若丸が五条大橋の西詰めに姿を見せた。

「なにゆえか」

武蔵坊弁慶が思わず牛若丸に詰問した。

「鞍馬山の荒法師、とくと聞け。京にはびこる平家一族を滅ぼし、清和源氏の御世を実現するためなり。ゆえに出家修行と武者修行に邁進すべく奥州平泉に赴きたり。

時期もよし。われ、牛若丸こと源義経は、かくて京の都に戻りたり」

「待ってました、牛若丸はん」

との声が消えると、

「鞍馬山の荒法師、あれこれと言を弄しおったがな、牛若丸はんの刃に討ちとられたりな」

との若い氏子衆の声に誘われたかのように牛若丸が五条大橋の真ん中に健気（けなげ）にも小さな姿を現した。

満月を描いた扇子を手にした舞妓桜子扮する源義経の、いや、牛若丸といったほうが似つかわしい舞妓桜子の凜々しい姿だった。

うおおっ

という怒号のような声が響き、三基の神輿が揺れた。

その大歓声が収まったとき、

「おお、千本目の太刀の主、そなたの腰の刀を奪いし折り、われ、武蔵坊弁慶の宿願は達したり。大人しく腰の剣、おいていくか、わが大薙刀の錆になるか。牛若丸、とくと決断せよ」

と武蔵坊弁慶の声が命じた。

「ほっほほほ」

と牛若丸の紅を刷いた口から笑い声が洩れた。

「世に知られた格言に、『大男総身に知恵がまわりかね』とあるのを承知やろな、荒法師どの」

「鞍馬山にてそなたが修行に励みし年には、この武蔵坊弁慶、六百数十歳の齢を重ねた古兵なり。そなたの出家修行や剣術修行など児戯に等し。

わが薙刀を受けてみよ」

と武蔵坊弁慶が八尺余の大薙刀を片手に摑んで、

ぶるんぶるん

と頭上で回した。

御神燈と書かれた祇園感神院の一対の大提灯の灯りがその模様を浮かばせた。

「おうおう、武蔵坊弁慶、見せよるわ、見せよるわ」
と応じた牛若丸が扇子をひらひらさせながら、五条大橋の欄干に飛び乗る動きのあと、宙に浮かんだ。
「ちょこざいな、牛若丸め」
と武蔵坊弁慶が頭上に回転させていた大薙刀を虚空に飛ぶ牛若丸へと斬りかけた。
その瞬間、牛若丸が手の扇子で自らの体をあおいだ。すると小柄な牛若丸の五体が虚空でくるくる舞い、振りかざしてきた大薙刀の刃先に、
ひょい
と高下駄で立ち、扇子をあおぎながら、
すたすた
と大薙刀の柄の上をまるで五条大橋の欄干でも歩くように武蔵坊弁慶のほうへと歩いていった。
「おうおう、見てみいや。薙刀の上を牛若丸はん、歩きよるがな」
「いい勝負と違うか」
「なんともいえへん勝負やで。とはいえ、荒法師の武蔵坊弁慶、このままでは済

むまいな。最後の一本の刀、どないなんやろか」

「それや」

と立錐の余地もなく雲集した見物の衆が祇園感神院の朱塗りの西ノ御門を五条大橋に見立てた一騎討ちを真剣な表情で見ていた。

「武蔵坊弁慶、わが刀、奪えるものならば奪ってみよ」

牛若丸が大薙刀の柄を悠然と歩きながら、手にした扇子を刀に見立てて構えた。

「おのれ、牛若丸め」

と叫んだ弁慶が片手で支えた大薙刀にもう一方の手を添えて、

「鴨川の流れに突き落としてくれん」

と大力を込めて柄に高下駄で乗った牛若丸を鴨川と見立てた楼門の石段下に向け、放り投げた。

「えいや」

と愛らしい牛若丸の声がして大薙刀の柄からさらに高々と虚空へと舞い上がった。

白の長袖を翻した牛若丸が手の扇子で武蔵坊弁慶をあおぎながら、橋板へと、ふわりと下りてみせた。

「待っておったわ、牛若丸」

武蔵坊弁慶が橋床に下りた小柄な清和源氏の若衆をまっ二つに斬り分けんと大薙刀を揮ってみせた。

その刃の下をひょいとばかりに逆立ちした牛若丸が高下駄の両足を振りながら橋板を両手で舞い歩いた。

「おのれ、鞍馬山の荒法師武蔵坊弁慶を茶化しおるか」

と叫びながら、空也が演ずる弁慶が右に左に大薙刀を揮った。

むろん芝居の演技だ、と思っても舞妓桜子の動作は軽やかで、ひょいひょいと躱していく。

「頑張りや、鞍馬山の弁慶はん、千本目の刀、えろう難儀しとると違うか」

「それどころやないで、反対に鴨川の流れに放り込まれるで」

と見物の衆が桜子演ずる牛若丸を応援した。

「えらい勝負になったがな。桜子の芸達者は承知やが、武者修行の空也はん、真剣になっとらんか」

と氏子総頭の五郎兵衛老が氏子衆に洩らした。

「総頭、本気やで。そのうち、腰の本身を抜くんと違うか。そうなると血を見るで」

「祇園社の人集めやがな、本気になって血が流れたらえらいこっちゃ、わしら、腹斬らんとあかんわ」

「あかんあかん、そりゃあかん」

五郎兵衛老が頭を抱えるところに倅の三郎次が、

「親父、空也はんな、芝居を楽しんでおると違うか。そのことを桜子はんもとくと承知やで。ふたりしてどえらい役者はんやがな」

と言った。

「なに、ふたりして大芝居か」

「おうさ、空也はんも駆け引きを楽しんでおるんや。わし、空也はんを見直したで」

「そうやろか。桜子に引きずり回されておるのと違うか」

「そう見せるところが大したもんやないか」

と氏子衆もあれこれと言い合った。

武蔵坊弁慶が牛若丸を欄干に追い詰めた様子で、

「牛若丸、もはや逃げ道はなし。わが大薙刀を食らえ」

とばかり両手に持った得物を振り下ろした。

すると逃げ道を失った牛若丸が扇子を閉じるや、大薙刀を受け止めたかと思うと、

「発止」

とばかり薙刀の柄と千段巻の間を叩いた。すると、なんと造り物とはいえ大薙刀が二つになって、弁慶は茫然自失した表情で手にした折れ柄を眺めた。

高下駄の脚で飛び上がった牛若丸が武蔵坊弁慶の額を扇子で、

「ぱしり」

とばかり叩くと武蔵坊弁慶が牛若丸の前に膝を屈して座り込み、

「降参や、牛若丸様の勝ちにございまするぞ。ほれ、このとおり、鞍馬山の荒法師武蔵坊弁慶の負けにござる。牛若丸様の家来にしてくだされ」

と頭を下げた。

「わああっ」

と大歓声が祇園社西門の前の辻に響き渡った。

「われに大望あり、そのことを承知か」

「ははあ、平家一族を滅ぼすことにござるな。それがし、牛若丸様の家来として一命を差し上げまする」

と弁慶が言い切った。

未だ牛若丸の扇子は武蔵坊弁慶の額を抑えていた。そこへ桜子の牛若丸の顔が近づいてきて、

「空也はん、お芝居が上手やわ、うち、感心したわ」

と囁いた。

「いえ、ただ楽しんで桜子さんの牛若丸に付き合うておるだけですぞ」

と応じると桜子の扇子が空也の額から離された。

そのとき、

「おのれ、女め。荒法師武蔵坊弁慶をなんと心得ておるか」

と西国訛りで叫んだ三人の武士が朱塗りの楼門の石段を駆け上がり、本身の柄に手をかけた。

桜子が一瞬茫然として言葉を失っていたが、

「お侍はん、これはお芝居におます。お侍はん方、牛若丸と武蔵坊弁慶の話知りまへんか」

「女め、芝居であれ、本身の刀を差した弁慶の額を叩きおったな。許さぬ、そこへ直れ。叩き斬ってくれん」

と三人のひとりが喚いた。同輩もすでに刀に手をかけていた。

「呆れたわ」

と桜子が三人を見た。

反りがなく一見直刀に見える鍔が小さな薩摩拵え、ということは薩摩藩の家臣かと空也は思った。三人は本気で怒っているように空也には見えた。

(困ったな)

と三郎次は楼門の端にいる氏子総頭にして親父の五郎兵衛老を見た。こちらもどうしていいか分からぬ様子で手を拱いていた。

空也は折れた大薙刀の柄部分を手に、

「ご同輩、これは牛若丸が、いやさ、桜子どのが申すように祇園社の人集めの芝居でござってな、お見逃しあれ」

「なに、そのほう、真の武芸者か、いよいよ許せぬ。同輩などと親し気に呼ぶでない。そのほうもこの女子の傍らに直れ」

と怒鳴った。

「薩摩拵えの刀が泣きはせぬか。よいか、これは道化芝居でござるぞ」

「おのれ、許せぬ。そのほうから叩き斬る」

と叫ぶと見物の衆から、

「おい、薩摩っぺ、おめえら、芝居と真剣勝負の区別もつかへんか、鴨川の流れで頭を冷やしや」

とか、

「いやいや薩摩に帰りいな、京の都に合わんのは武蔵坊弁慶以上に薩摩っぽやで」

とか言葉が飛び、いよいよ三人が激したか、いきなり三人同時に薩摩拵えの刀を抜いた。

「おお、抜いた抜いた、抜きおったがな」

と立ち騒ぐ群衆の頭にも血が上ったようだ。

「同輩と呼んだにはいささか曰くがある」

と答えた空也が武蔵坊弁慶の形のまま、大薙刀の柄を右蜻蛉に構えた。それを見た三人が、

「おお、こやつ、薩摩剣法を使うぞ」

「真似事じゃ、本物の東郷示現流剣法を見せてくれん」

と鍔の小さな刀をやはり蜻蛉に構えたが、空也のそれとはまるで迫力が違うことがひと目で分かった。なにしろ野太刀流に出会って以来、

「朝に三千、夕べに八千」

のタテギ打ちを続けてきたのだ。

数を頼んだ三人はいきなり真剣で空也へと襲いきた。

空也は冷静に三人の遅速を見て、薙刀の折れ柄を揮った。

三人は一瞬のうちに肩口や横腹を叩かれて楼門の前に転がった。

「おお、武蔵坊弁慶はんが本気を出したとこやがな、親父」

と三郎次が言い放ち、

「ほんまもんの薩摩武士も形無しか」

「おお、形無しや。遊び程度に力を加減して叩いただけや。血も出てへんわ」

「茶番の芝居が加わって、なんとも賑やかやがな」

と五郎兵衛老が倅と問答するなかで空也が、

「桜子どの、それがしの芝居、いかがでござったか。手直しの要があるならば教えてくだされ」

と願っていた。

「空也はん、あんたはんには呆れたわ。うちが空也はんの家来になりたいがな」

と桜子が本気で言ったとき、一日目の牛若丸と武蔵坊弁慶の立ち合い芝居は幕を閉じた。

第二章　新蔵遍歴

一

寛政十一年（一七九九）晩秋。

坂崎空也に野太刀自顕流の奥義を伝えた薬丸新蔵改め長左衛門兼武は、江戸木挽町に開いた野太刀自顕流道場を畳んで、いや、放り出して江戸を離れて東海道を上っていた。

とはいえ京を目指したわけではない。薩摩藩江戸藩邸東郷示現流の門弟らが新蔵の武名が江戸で高まるにつれて、

「野太刀流は薩摩剣法ではなし。東郷示現流の教えを真似て、江戸にて道場を開き、人気を得た物真似剣術に過ぎぬ」

と主張し、木挽町道場に門弟を送り込んで嫌がらせを繰り返した。そこで新蔵は道場を訪れた東郷示現流の高弟との対決を完璧に制したのち、江戸を離れたのだ。新蔵の気持ちを知らぬ押し掛け番頭の武左衛門は、悄然とした日々を過ごしていたが、磐音らの忠言になんとか立ち直っていた。

一方、薬丸新蔵が江戸を離れたあとも薩摩藩江戸藩邸と東郷示現流は、追っ手を向けて新蔵の武術修行を止めさせようとした。

新蔵は、参勤交代の行列や旅人の往来の多い東海道の城下筋の道場を訪れては道場主らと立ち合い、なにがしかの金子を稼いで暮らしながら、己が思案した野太刀自顕流をどう世に広めるか、さらには薩摩と東郷示現流に邪魔をさせないでおくか悩んでいた。

このまま東郷示現流との対決を避けて距離を置いても薩摩藩は薬丸新蔵を許そうとはしないだろう。それは薬丸新蔵一人と東郷示現流の高弟らが繰り返す勝負が明確にしめしていた。

新蔵が剣術家として生きていくためには、東郷示現流の一門弟になるか、薬丸新蔵の名で野太刀自顕流を天下に知らしめるために戦い続けるか、二つに一つの道しかなかった。

新蔵は死を賭する戦いを選んだ。

東海道の江尻宿の江戸口に一枚の通告が掲げられていた。曰く、

「薩摩藩江戸藩邸東郷示現流の諸氏に物申す。

それがし薬丸新蔵一人、久能道久能山東照宮において東郷示現流との最後の戦いを為すことを決意したり。

東郷示現流の門弟、幾人にても構わず。どのような策も道具を使うことも許す。

ただ一条、約定させられたし。

この戦が野太刀自顕流と東郷示現流の最後の戦いということを。

薩摩剣法野太刀自顕流薬丸新蔵兼武」

とあった。

「おい、こりゃあ、なんだ。さっぱり分からねえや」

江戸から京へ上ると思しき三人連れの職人のひとりが指さした。

「おい、夏吉、字が読めなきゃ分かる道理もあるめえ」

と仲間が言った。

「四之助、おめえ、字が読めるか」

「おりゃ、金具職人だぜ。字は読めるがよ、読まなくったって仕事に差し支えはねえや」

「おれと同じく字なんぞ読めねえくせに」

三人のひとりが仲間の四之助に言った。それまで黙っていた三人目がもごもごと訳の分からないことを言い始めた。

「のにす。それがしにおいてとののいをすことをしたり」

「矢の字、そりゃなんだえ、御経の文句かまじないの言葉か。それともこの触れを読んでいる心づもりか」

「おうさ、おまえらふたりと違い、この矢の字、読み書きができるからな」

「それが、のにす、なんとかと珍ぷんかんぷんじゃ分からねえぜ。ほんとに読んでいるのかよ」

「おうさ、おりゃ、寺子屋に三月通い、ひらがなを習ったでな、のにすそれがしにおいてとののいをすことをしたり、なる」

「呆れたぜ。三月通った寺子屋の成果がのにすなんとかか」

と三人が言い合うのを土地の古老が苦笑いの顔で、

「江戸の職人さんは能天気でよろしいな。ひらがなだけ拾い読みしても意は通じますまい」

「おお、老人、なんの触れだ」

四之助が古老に質した。

「触れではございませんな。果たし合いの通告状です」

と言った古老が大勢集まった人間に聞かせる心算か声を出して読み上げた。

「な、なに、おりゃ、薩摩剣法の内輪もめ、知ってら。おれたちの親方の家はよ、木挽町の川向こう、三十間堀町にあらあな。おうさ、薬丸新蔵って強いのなんのって、薩摩の衆を何度も叩きのめしているんだよ」

と夏吉が言い出し、

「おれたちが江戸を出てくるひと月も前、薬丸新蔵さんはよ、薩摩の家来を叩きのめして木挽町の道場を放り出したよな。あんまり薩摩と東郷なんとか流が小うるさいってんで、江戸を離れたと聞いたよな」

「おお、木挽町の道場にはよ、武左衛門と呼ばれる大男が番頭をしていたな。仕事を失くした武左の旦那、がっかりしていたぞ」

「おい、四之助。矢の字、この界隈に薬丸新蔵がいてよ、久能山東照宮で真剣勝負をやろうという話か」

「おうさ、隠居さんの読んでくれた通告じゃそうだな。人数も得物も好き放題って、新蔵さんよ、ひとりで粋がってねえか」

「いや木挽町の道場を放り出したのは、薩摩とか東郷示現流が怖くてじゃねえ。こうるさいてんで、旅に出たって話だぜ」

との三人の話に古老が、

「おまえさん方、薬丸新蔵さんと関わりがありますか。となると薩摩の立ち合い、見物していきなさるか」

「隠居さん、久能山東照宮はこの江尻宿うちか」

「いえね、江尻宿を離れて海沿いの久能道ですよ。おまえさんは知り合いのようだし、わしが案内をしてもよいぞ」

と暇を持て余した古老が言い出し、夏吉ら三人の他に暇人の旅人が、われもわれもと何人か加わった。

古老に案内されて久能山東照宮に閑な旅人ら八人が十七曲がり千百五十九段もの石段をぞろぞろと上りつめた。するとすでに幾十人もの暇人が集まっていた。江尻宿の府中口にも立ち合いの通告文が張られていたという。

「矢の字、まさか千百何段も段々を登らされてよ、見物人だけか。真剣勝負はどこでやるのよ」

と夏吉が愕然とした顔で辺りを見回した。

「いや、それが違うんだよ」

夏吉たちより早く東照宮に到着していたひとりの旅人が引き破った紙をひらひらさせた。

「真剣勝負は今日ではございませんかな」

と古老が紙片を持つ旅人に質した。

「それがな」

と紙を隠居に突き出した。するとどこにいたか大名家の家臣と思しき風体の武士が旅人の手から紙片を引っ手繰った。

「なにをするんだよ、唐変木め」

夏吉が古老をかばうようにして言い放った。

じろりと夏吉を睨んだ武芸者が、

「この紙片、われらに宛てられたものである。関わりなきものがなにをいたすか」

と凄んだ。

「われらって、おめえら、薩摩っぽか。薬丸新蔵さんから名指しされたなんとか流の門弟か」

「町人ども、叩き斬られたいか」

と脅した薩摩藩の関わりの者に古老が、

「お武家様、町人を咎め立てしている場合ではありますまい。その紙片、薬丸さんからの新たな通告状ですかな」

と質した。

「いかにもさよう」

と応じた武家が思わず、

「薩摩藩および東郷示現流諸氏に改めてもの申す。

久能山東照宮は神君家康様、大御所様と関わり深し。この場を借りて戦いの場と為すは無礼なり。

われ薬丸新蔵独り、府中城近くの音羽山清水寺の境内にて待ち受けたり」

と読み上げると、どこにいたかこの武家の仲間の武骨な剣術家たち六人のうちのひとりが、

「新蔵め、逃げおったか」

と喚いた。

「逃げたんやおまへんな、場所を替えただけやわ。府中にも清水寺があるかいな」

と京からの旅人が洩らし、古老が、

「ありますわ。京の本家の音羽山清水寺と山容や佇まいがよう似ています。そやな、東照宮より大御所に直に関わりない清水寺のほうが薩摩藩にとってよろしいのと違いますか」

と言い出し、紙片を手にした武家が、

「府中の清水寺、直ぐに分かるであろうな」

と古老に質した。

「はいな、久能道を東海道に出てな、だれぞに聞きなはれ。直ぐに分かります。なんならこの隠居が案内しましょうか」

と言い出したが、ひと睨みしただけで仲間の武芸者のもとへ戻っていった。そして何事か久能山東照宮の一角で話し合っていた一統が慌ただしく、

「新蔵のわろ、見苦しか、逃ぐうったな」

「そやろそやろ」

と言い合いながら十七曲がりの石段を駆け下っていった。

「隠居、新蔵さん、逃げたかのう」

「いや、違うな」

と古老が言い切った。

「新蔵さんな、最初から久能山東照宮で戦う気はなかったと違うかな。薩摩っぽを引き回しているだけや」

と夏吉が仲間ふたりに言った。

「ならば府中の清水寺に新蔵さん、薩摩の侍を待ち受けとるな」

「まず間違いなかろ。あんたさん方、どないするな」

と古老が問うた。

「清水寺は久能山より京に近いな」

「それはもう、一宿ほど近いし、京への上り道やがな」

「ならば、わしら、薬丸新蔵はんの戦を覗いていこうかな。な、朋輩よ」

「おう、このご時世、真剣勝負を見物するなんてなかなかないがな。行こ行こ」

と三人の江戸者が呑気に言い合い、その場にいた見物を願っていた旅人たちは府中への近道を古老に案内されてぞろぞろと下り始めた。

府中宿音羽山清水寺の境内の一角に薬丸新蔵はいた。最初から久能山東照宮にて薩摩藩・東郷示現流の面々と立ち合う気はない。ただ、相手方を引きずり回したくて、かような手間をかけたのだ。

当人は半日前より清水寺に待機して、悠々と体を休めていた。江尻宿の江戸口と府中口に告知した通告状には日にちも刻限も認めてない。

相手の気持ちを逆なですべくわざわざ戦いの刻限を薩摩方に任せてある。

新蔵は本未明には清水寺に駆け付けるのではないかと、足袋を履いた上に新しい草鞋を重ねて武者草鞋の仕度を整えていた。

腰には薩摩拵えの一剣と手に馴染んだ木刀があった。

夜が明けて東の駿河灘の空が白んだとき、遠くからざわめきが清水寺に近づいてきた。

新蔵は久能山に勝負を見に行った連中の大半が清水寺にやってくると思っていた。いや、それればかりか場所を久能山から清水寺に変えたことで見物人は増えると見ていた。

風に乗って聞こえてくる人声は新蔵の企(くわだ)てが当たったことを示していた。薩摩藩・東郷示現流と薬丸新蔵との戦いを最後と宣告することで、相手方は追い詰められていると考えた。

一派はすでに清水寺の境内のどこかに潜(ひそ)んでいるのか。

新蔵はゆっくりと立ち上がり、腰に差した竹筒の栓を抜くと飲んだ。

水ではない。薩摩の芋焼酎(いもじょうちゅう)だ。

新蔵に引き回される相手方には薩摩焼酎を飲む余裕などあるまいとひと口をゆっくりと喉(のど)へと落とした。

強い焼酎が胃の腑(ふ)へと落ちていき、気分が高まった。

ざわめきは石段を境内へと近づいてきた。

新蔵は境内の中央へと歩いていった。

そのとき、清水寺に殺気が奔(はし)った。

やはりどこかに潜んでいたらしい。

薩摩藩江戸藩邸の家臣と思える黒羽織に道中袴の武士が、

「薩摩藩下士(かし)薬丸新蔵じゃな」

と念押しした。

「薬丸新蔵、もはや薩摩藩と一切関わりなし」

とその言葉を聞いた新蔵が名乗りかけた相手を制し、ちらりと大勢の見物人が音羽山清水寺に押し掛けてくる光景を確かめ、

「お互い名乗り合うことなど無用」

と宣告した。

「おのれ、下郎め」

と六人の東郷示現流の門弟らが薩摩拵えの刀を下刃にしたり、携えた木刀を蜻蛉に構えたりした。

「おい、夏吉、ほんとに斬り合いやる気だぜ」

と矢の字が金具職人の同輩に言った。

「薩摩っぽはよ、一対六人の勝負をやる気か。勝ったところで世間によ、よくは言われないぜ」

と夏吉が答えると案内人の古老が、

「この界隈で薩摩のお武家さんはすでに評判悪いですわ。なにしろ一人(いちにん)を相手に幾たびか勝負を仕掛けてますからな」

「おれたち、江戸っ子よ。判官(ほうがん)びいきだからよ、木挽町の道場以来の知り合い薬

丸新蔵様を応援するぜ」

と夏吉が言い放った。

「当然よ」

と四之助が応じて、

「後ろから押すんじゃないよ」

と振り返り、茫然とした。

清水寺の石段に見物人が詰めかけて、さらに境内に押し寄せようとしていた。

「境内でよ、斬り合いが始まるんだ。押しちゃならねえぞ」

「こっちは石段の途中で勝負が見えないんだよ」

と言い合った。

薬丸新蔵が大勢の見物人をちらりと確かめると手にしていた木刀を右蜻蛉に構えた。ぴたりと決まった構えに見物の衆が沸いた。

「東海道府中宿音羽山清水寺にお集まりのご一統様に申し上げる。この勝負、野太刀自顕流対薩摩示現流の最後の戦いに御座候(ござそうろう)。とくとご覧になり、心に留めおきくだされ」

との宣告の声音に、

「おお、薬丸新蔵どん、この年寄り、そなたを応援しますぞ。よしんば六人相手に悲運にも斃された折りはよ、この清水寺に掛け合い、弔いをしてもらいますでな」

と古老が叫び、

うおおっ

と見物人の間から歓声が起こった。

新蔵はことが己の筋書きどおりに進行していることに満足して、

「参られよ、東郷示現流の諸氏」

と相手方に最後の言葉をかけた。

「うーむ、下郎め、許せぬ」

と言い放った六人のうち、頭分(かしら)と思しき頑丈な体付きの門弟が薩摩拵えの剣を構えて新蔵に向かって踏み込んできた。

その動きを見た新蔵は己の右手に向かって迅速に動くと三人固まった門弟の真ん中に飛び込んだ。右蜻蛉の木刀でひとり目を襲い、さらに続け打ちを放って一気に三人を倒すと後ろ飛びに間合いを空けた。

機を外された頭分の高弟が薩摩拵えの刀を構え直した。

新蔵は間を外すことなく正面から高弟に左蜻蛉からの木刀を叩きつけると、相手は刀でまともに受けようとした。が、薩摩の木刀は長く重く、薩摩拵えの反りの少ない剣を叩き折るとさらに脳天を強打した。

一瞬棒立ちになった相手がゆっくりと崩れ落ちた。

新蔵は相手の死を見ることはなく、残ったふたりの門弟に襲い掛かった。

六人相手に一瞬の勝負は決着がついた。

「最後の戦い、終わり申した。

互いに勝ち負けなしに御座候」

と言い放った新蔵は清水寺の境内の奥へと走り込んで消えた。

二

山城国京。

空也が武蔵坊弁慶に扮しての牛若丸との戦いは、三日目の最終日を迎えようとしていた。むろん芝居仕立ての見世物だ。

祇園感神院の西ノ御門を五条の橋に見立てた客集めは、初日の成功を受けて二日目はさらに多くの見物の衆が集まり、最終日の三日目は二度の催しと回数が増えたにも拘わらず、四条通は鴨川に架かる四条大橋まで人の波で埋め尽くされた。

そんな最終日の二回興行も無事に終わった。

大盛況のうちに「牛若丸と武蔵坊弁慶」の芝居は幕を下ろした。

祇園社の稽古場に戻って牛若丸役の舞妓の桜子と武蔵坊弁慶役の坂崎空也が衣装を脱ぎ、化粧を落とした顔で氏子衆らに加わり、盛況裡に幕を下ろした催しの宴が始まった。

氏子総頭の五郎兵衛老が、

「桜子はん、空也はん、ご苦労はんどしたな。かような人出は祇園社の祭礼でも滅多に見られへんがな」

とふたりに礼を述べた。すると祇園社の禰宜も、

「来年もな、このふたりでお芝居がやれると万々歳やがな」

と言い出し、氏子衆一同が賛意を示した。

「ご一統様、うちはよろしおす。けど武蔵坊弁慶役の空也はんは武者修行中のお武家はんどすわ。来年もお芝居しましょやなんてだれが願えます」

と桜子が言い、空也の顔を見た。

空也は即座に拒むこともできず黙っていた。

「空也はん、また武者修行に戻られるんかいな」

五郎兵衛老の念押しに空也は頷いた。

「どちらで修行か決まっておるんかいな」

空也は曖昧に頷いた。

正直、このまま内八葉外八葉の姥捨の郷に向かうには迷いがあった。すると空也の迷いを察した五郎兵衛老が、

「あんたはん、牛若丸こと源義経はんと武蔵坊弁慶はんの両人に関わりがある鞍馬山で修行したらどや。こたびは芝居やないで、ほんまもんの武者修行に鞍馬山に山籠りや。どないや」

との言葉に空也は、

（次なる修行の地は鞍馬山か）

と、氏子総頭の提案に思わずこっくりと頷いていた。

「いいか、鞍馬山は弁慶を演じたあんたはんの台詞のとおり、今も修験者が修行する地でもあるがな。武蔵坊弁慶はんは芝居のなかしかおらへん。けどな、空也はんのような、武者修行の武芸者や修験者がいはってもおかしゅうないわ。どや、

空也はんは鞍馬山の修験者はんと修行を、稽古を積まんかいな。一年くらい直ぐに過ぎるがな。どう思う、牛若丸の桜子はん」

「ああ、総頭はん、新たな修行を積んだ空也はんの武蔵坊弁慶はんと来年もお芝居どすか」

桜子は五郎兵衛老の考えが一年後の祇園社の芝居のためかと察し、

「さようなことでけますか」

と空也に尋ねていた。

しばし沈思した空也が、

「それがし、武者修行の最後の地は決まっています。その地に向かう前に、かように芝居で知った鞍馬山に籠るのもなにかの縁かと思います」

と重い口を開いた。

空也にとってもこたびの芝居「牛若丸と武蔵坊弁慶」は心に刻まれた経験になっていた。

(これも武者修行のひとつ)

と思っていた。

「おお、そうや、うちがな、知り合いの鞍馬寺由岐神社の宮司に口利いてもいいわ。寺に泊めてもらえば寝食に世話なしやで。そや、空也はん、鞍馬山で修行をしっかり積みなはれ。鞍馬山に飽きたらな、鯖街道を花背峠や針畑峠を越えて若狭の海まで向かいなはれ。一年の修行、たっぷりできますえ」

と念入りに繰り返した。

五郎兵衛の本気の思い付きは空也の気持ちをゆすぶった。

となればまず姥捨の郷にて待っているはずの霧子と江戸にこの旨を知らせる要があると思った。とはいえ、一年も鞍馬山に籠っての修行は霧子姉を待たせすぎると思った。

待つ人がいるのだ、一年の鞍馬山と鞍馬街道の武者修行は無理だ。ともあれ空也にとって姥捨の郷に向かう前に修行を鞍馬山で為すことは悪くない考えだ。なにより空也は武者修行道中で八番まで真剣勝負していた。鞍馬での修行で九番勝負の相手が生じるならば、その勝負をなんとしても乗り越えて最後の地、姥捨の郷に向かいたいと思った。

となると来年の「牛若丸と武蔵坊弁慶」の芝居の再演は、もはや空也には考えられなかった。だが、芝居成功の余韻に浸る宴の氏子衆にこの場で告げるのは酷だと思った。

「ご一統様、武者修行者に夢想もできない経験を積ませていただきました。それがし、明日にも鞍馬山に向かいます」

「ほんでな、一年後にこの祇園感神院に戻ってきなはれ。また来年『牛若丸と武蔵坊弁慶』のお芝居しようやないか」

五郎兵衛老は三日間の芝居の余韻に浸っているのか、宴の酒を美味そうに呑み干した。

宴の場のなかで、舞妓の桜子と武者修行者の空也のふたりは酒を口にしていなかった。その代わり両人の前にはたくさんの菜や甘い物があった。

甘味に手を出した桜子が、

「空也はん、ほんまに鞍馬山に行かれますん」

と小声で質した。

「総頭にお答えしました。こたびの芝居は、それがしの武者修行にとって不思議な経験でございました。嘘か真か、何百年も前に牛若丸と武蔵坊弁慶が修行した鞍馬山で修行するのもなにかの縁、悪しきことではありますまい」

空也の言葉に桜子が頷き、しばし沈黙した。そして、

「空也はん、鞍馬山の修行のあと、うちのところには戻ってきいへんな」

と質し、

「桜子どの、それがし、鞍馬山の修行を終えたあと、最後の武者修行の地に向かいます。その地には姉が待っています」

と正直に空也は答えていた。

やはり、という顔で桜子が空也に頷き返し、

「空也はんの姉様が最後の修行の地に待っていはりますか」

と質した。

「高野山の麓内八葉外八葉の姥捨の郷に待っている女衆は血の繋がりのある実姉ではありません」

と前置きし、霧子と自分の間柄が姥捨の郷に深い関わりがある経緯を手短に告げた。

「空也はんは、紀州の姥捨の郷に生まれはったん」

「はい、とある事情で父と母は江戸から逃れて姥捨の地に辿りついたのです。霧子姉はこの姥捨育ち、それがしはこの姥捨の郷で生まれたのです。そんなわけで、姉の霧子とそれがしは姥捨の郷を通じて姉弟なのです」

「そうか、空也はんは鞍馬山修行のあと、姥捨の郷に向かいはるんや」

「はい」

桜子はしばし沈黙した。そして、ぽつんと洩らした。

「うち、空也はんのことなんも知らんのやな。姓も知らんと名しか知らへん」

「坂崎空也です」

「うち弐條院(にじょういん)桜子どす」

とふたりは姓名を初めて名乗り合った。

「坂崎空也はん、うちがなんぞ手助けすることおへんか」

と桜子が言い出した。

「それがし、鞍馬山に籠る前に姥捨の郷の姉と江戸の一家に鞍馬山修行を告げ知らせとうございます。どこぞに文を書く場所があればよいのですが」

と空也が言った。

しばし沈思した桜子が、

「今晩な、うちの置屋はんに泊まりなはれ、うちが女将(おかみ)はんに願うたります。女将はんもうちらの芝居見てはるわ。男衆の部屋に寝てな、明朝、置屋で文を書いたらいいがな」

「さような不躾(ぶしつけ)ができようか、桜子さんに迷惑は掛からぬか」

「置屋の女将はんは、うちらの母親みたいなものや。なによりうちらの『牛若丸と武蔵坊弁慶』の芝居を観てるがな。空也はんのことは女将はん、すでに承知というこっちゃ」

しばし沈思した空也は、二通の文を認めて飛脚便で出すとなると長崎で得た金子が尽きるなと考え、

「願えようか」

と桜子に頭を軽く下げた。

「総頭、ご一統はん、うち、祇園の置屋に戻ります。空也はんが送ってくれはるそうや」

とすでに宴の酒に酔っぱらった祇園社氏子総頭の五郎兵衛老と氏子衆に桜子が告げた。

「おお、分かったがな。また来年もいっしょに芝居しようやないか」

五郎兵衛老が応じて酒を飲まない両人を送り出した。

この夜、祇園の一角にある置屋花木綿（はなもめん）に空也は泊まることになった。

抱え舞妓の桜子の口上を聞いた女将は、

「なに、明日、うちで江戸と高野山の麓の郷に待つ姉様に文を書いて、芝居の所縁の鞍馬山に武者修行かいな。ご苦労はんやな。ほならそうしい、うちに泊まったらいいがな。それにしてもえろう驚かされたがな。あんたはん、素顔はえろう若いやないか、なに、二十歳てか。芝居の武蔵坊弁慶はんは四十を越えていたように見えたで」

とふたりの芝居を面白がり、快く一夜の宿を許してくれた。

空也は祇園甲部と呼ばれる花街の置屋花木綿の一階の男衆の部屋でぐっすりと熟睡した。三日間の芝居に予想もかけないほど疲労していた。剣術修行では経験したことのない疲れだった。

置屋の部屋で目覚めたとき、部屋の小机に筆硯紙墨が置かれてあった。桜子が用意してくれたか、空也はその気配にも気付かなかったようだ。

空也が寝床を畳む気配に、

「空也はん、起きはったかいな」

と女将の声がした。

「一夜の宿り、有難うございました。文を書かせてもらいましたら、早々に辞去させてもらいます」

「空也はん、桜子らは見番に朝稽古に出とるがな。戻ってきたら、朝餉をいっしょにしようやないか。文を書くなりなんなり、桜子の帰りを待ちいな」

「えっ、桜子さんは朝稽古にござるか。それがし、気が付きもせずこの刻限まで眠り込んでしまいました。武者修行者としては不覚の至りです」

と空也は己の大失態に愕然とした。

「あんたはん、生真面目なお人やな。慣れんお芝居を三日も演じたんやで、慣れた武者修行と違うて疲れますがな」

と女将が笑い、

「茶を女衆に運ばせます」

と言った。

空也は手水場で顔と手を洗うと、部屋に戻って霧子に宛てて文を書き始めた。

そのとき、霧子ひとり姥捨の郷を訪れたのだろうかと思った。もしかして亭主の重富利次郎もふたりの一子の力之助もいるのではないか、そんな気がした。

（なんとふたりの子もまた姥捨の郷に関わりを持つか）

と空也は、己の身に幼い力之助を重ね合わせた。

そんな霧子と一家に宛てた文を書き進めていると、賑やかな声がして桜子たちが見番から戻ってきた。

　置屋花木綿には、舞妓がふたり、芸妓がふたりの四人がいた。そのことを昨夜桜子から教えられていた。だが、朋輩衆三人には会っていなかった。

　花木綿では朝稽古のあとに朝餉のようで桜子の声に空也は呼ばれた。

　置屋の居間に膳が六つ仕度されていた。

「花木綿のご一同様、お早うござる。突然お邪魔してご迷惑かと存ずる、申し訳ござらぬ」

　と居間の敷居の前で坐して詫びた。

　桜子が笑みの顔で空也と朋輩を交互に眺めた。

「桜子はん、この若い衆が武蔵坊弁慶はんか」

　と芸妓のひとりが桜子に質した。

「なんぞ、訝しゅうおすか。花扇姐はん」

「あんたの相手は四十を越えた大入道やったがな。眼の前のおひとは若侍はんやがな」

　と空也を見ながら訝し気に言った。

「空也はん、芝居の台詞、いうてえな」

と桜子が空也に命じた。

「ははあ、畏まって候」

と応ずると敷居の前に空也が立ち上がり、

「われ、武蔵坊弁慶、物の怪に非ず

魔界の鞍馬山を救わんと京の都にて宿願を立てたり」

と声を張り上げて、一歩片足を踏み出して構えてみせた。

「ああ、この声やわ。桜子はんの相手、若侍はんやがな」

ともうひとりの芸妓の花春（はなはる）が言った。

「祇園はんの西ノ御門の舞台ならいいで、うちで弁慶はんが本気を出すと天井を突き破るがな」

と女将が案じた。

「ご一統様、それがし、坂崎空也、二十歳にござる」

と居間に坐した空也が改めて挨拶（あいさつ）した。

「この若衆なら薩摩っぽなど相手にならへんわ」

と桜子の同輩の舞妓が幾たびも首肯して得心した。

「花扇姐はん、花春姐はん、うちらのお芝居、どうでした」

「相手はんが武者修行の侍はんと聞いたから、野暮天と思うていたわ。えらい美男の侍はんやないか。桜子はん、三日間も同じ舞台に立って、どない感じたんや」

「花扇姐はん、どないってなにや」

「弁慶はんに惚れたんと違う、と尋ねたんや」

「弁慶はんに惚れしまへん。けどな、空也はんに惚れました」

「そりゃ、あかんがな。若い衆は武者修行中のお侍さんやで、あんたは」

「はい、舞妓の桜子でおます。よう分かってます、女将はん」

「なにが分かっているねん」

「空也はんには、待つ娘はんがおられますんや」

なんと桜子は空也が話してもいないことを告げた。推量か、あるいは舞妓の勘なのか。

「江戸におられるんか」

と花扇が空也に質した。

「花扇どの、野暮天侍にさような艶ごとはござらぬ。それがし、本日、鞍馬山に修行に発ちまする」

と空也が言い、

「それがな、空也はん、一日先延ばしできへんやろか」

と突然桜子が願った。

「どないしたんや、桜子はん」

女将が質した。

「一力茶屋の旦那はんが言わはるには、今宵一力にうちらを総挙げしてくれるお客はんがおられるんやて。でな、その席に武蔵坊弁慶はんをぜひと申されるんどすわ。どないしよ、見番のお母はんの頼み、花扇姐はんも断り切れんがな」

「さようなことか」

と女将がなんとなく思い当たる感じで、空也を見た。

「坂崎空也はん、あんたはんに一力茶屋のお客はんから座敷がかかりましたがな。どないしはる」

「それがし、もはや、ご一統様がたが推量のように野暮天の剣術遣いでござる。茶屋がどのようなところか一向に存じませぬ。花木綿の芸妓、舞妓衆でお相手されるのがよろしいかと存ずる」

「武蔵坊弁慶は牛若丸の家来でおます、違いますか」

と桜子が言い出した。

「それは昨夜までの祇園社西ノ御門の舞台のことでござる」

「ござるござる、と応じて野暮天侍を演じてもあきまへんえ。京の都にいるかぎり、うちの、牛若丸の家来です」

「さような約定がござったか」

「ござる、おましたんや」

「それがし、覚えがござらぬ」

「昨夜の最後の舞台の折りや。牛若丸のうちを見て、弁慶はん、うちをなんと呼ばはりましたえ」

空也は大歓声のなか、なんと呼んだか、当然牛若丸と呼びかけたのではないかと思った。

「ううーむ」

「眉月姫、と思わず申されたんを、この桜子、よう覚えてますえ」

「な、なんと、さようなことを」

空也は茫然とした。当然桜子は眉月の存在も知らなかった。虚言に言える話ではない。

「今宵の一力茶屋は眉月姫はんが相方と違います。うちが、牛若丸の桜子が相手どす」

と桜子が言い切り、空也は未だ言葉を失い、女将は満面の笑みで、

「空也はん、遅うなりましたな、朝餉をいただきましょ」

と空也を膳の前に誘った。

三

空也は朝餉のあと、再び小机に向かうと、半日かけて姥捨の郷で待つはずの重富霧子宛てと、江戸神保小路の尚武館坂崎道場の道場主であり父親の坂崎磐音と身内に宛てた二通の文をなんとか書き上げた。すると女将が、

「空也はん、文を書き終えたようやな。まずは湯が沸いてますわ。体を清めなはれ」

と命じた。

もはや空也は花木綿の女将を始め、抱えの舞妓・芸妓衆のいうことを素直に受けるしかないと思っていた。

慣れぬ芝居とは思ったが最後の最後の舞台の初っ端に牛若丸の桜子を見て、

「眉月姫」

と呼んだとは信じられなかった。

湯に浸かって体を清めた空也を髪結いの女職人が待っていた。元結を切って伸び切った髷を切り揃えられた空也は顔剃りまでしてもらった。

花木綿に長年出入りするという女職人が、

「うち、あんたはんと桜子はんのお芝居見せてもらいましたがな」

と最後の仕上げになった折りに不意に告げた。

「恥ずかしいかぎりの素人芝居でございました」

「とんでもないわ、さようなことおへん。芸事に慣れた桜子はん相手に堂々とした武蔵坊弁慶はんやったわ」

空也は黙って聞くしかなかった。

「見物の衆も空也はんが何者か知らんと、ええ役者はんや、立派な武蔵坊弁慶はんやと褒めてはったわ。さすがに一芸に通じたおかたは、何事も難なく覚えてしまいはるわ」

「いいえ、桜子どのに導かれてただ大声を張り上げ、大仰な技を披露しただけでござる。それがし、生涯で一度の経験をさせてもらいました」

と空也は正直な気持ちを告げた。

「空也はん、なんでも最初はあるもんどす。それがな、次のお芝居を呼びますがな」

「それは決してござらぬ」

すると女髪結いが、

「ふっふっふ」

と笑った。

「いえ、笑い事ではござらぬ、本気にござる」

四十を前にしたと思える女髪結いが、

「世の中、あんたはんおひとりの都合であんじょういきまへんがな。いいか、さようの折りは流れに逆ろうたらあきまへん。素直にな、流れに身を任すのが楽どすえ」

と言い切った。

空也が黙っていると、

「あんたはんが続けなさった武者修行を思い出しいな。あんたはんの都合どおりに事が進みましたかいな」

空也は女職人の言葉を吟味し、もはや剃刀(かみそり)が仕舞われているのを見て、顔を横に振った。

「やろ、物事己の都合ではいきまへん」

「いかにもさようでした。とは申せ、それがし、来年のお芝居は」

「無理やろな」

とあっさりと受けた髪結いが、

「差し当たって本日の一力茶屋の招きを気持ちよう受けなはれ。それを終えてな、武者修行に戻りなはれ」

と若い空也の戸惑いを察した女髪結いが諭(さと)してくれた。

「有難くお聞きします」

「うちの出番は終わりや。次は花木綿の女将が待ってはるがな」

と言った。

隣部屋の襖(ふすま)が開かれると衣紋(えもん)かけに小袖と袴が掛けられてあった。どうやら空也は道中着を新しい衣装に着換えさせられるらしい。

「見違えるようにならはったがな。それにしても京じゅう探してな、あんたはんの背丈に見合う爽やかな柄とな、大きな小袖と袴を見つけるのに往生したわ。この襦袢を身につけや」

と命じられるままに空也はさっぱりとした襦袢を着ると女将と髪結い職人にまで手伝ってもらい小袖袴まで着せられた。

女将が帯を結んで、ぽんぽんと前帯を叩く合図で桜子が修理亮盛光と脇差を両手で携えてきて、

「空也はん、お腰に差してみい」

と渡した。

空也は桜子に頷くと腰に大小を差し落とした。

「さすがやわ、刀を差すと立派なお侍はんやがな」

と女将がいい、

「このうえ、羽織を着てかしこまることないな。却って羽織なしのほうが若侍のようでさっぱりしとるがな」

と言った。

どうやら一力茶屋とやらを訪ねる仕度がなったらしいと空也は思った。

「桜子さん、本日はどなたがわれらを招かれたのであろうか」

「気になりますか」

「この形でござる。歳月に埃にまみれ、袴の裾がほつれた道中着と違い、新しい衣装を着せられて緊張いたす」

桜子が空也を見詰めて、

「空也はんの修理亮盛光、父御はんから頂戴した品やろか」

と質し、空也はしばし迷った末に、

「いえ、さるお方から拝領した刀にござる」

「拝領やて、どなたはんやろ」

「桜子さんの胸に仕舞っておいてくだされ」

「ええけど、どなたはんや」

「家斉様から下賜された一剣です」

「いえなりはんて、どなたはんや」

父親は西国の大名の家臣だが京屋敷育ちの娘は、徳川家斉がだれか分からぬらしい。

「公方様でござる」

「くぼう様て、まさか将軍はんやないな」

「信じませぬか。いかにも家斉様から下賜されました」

桜子はぽかんとしてしばし空也の顔を見ていたが、

「空也はん、あんさん、どなたはんや」

とことんどは空也が何者か問うた。

「武者修行中の、桜子さんを眉月さんと間違えてしまうほどの未熟者です」

「そやそや、うちを眉月姫はんと間違うてからに。お姫はん、どなたはんやろ」

桜子の関心が修理亮盛光から眉月姫に移った。

「それがし、武者修行の最初の地が西国の薩摩鹿児島藩でござった」

「そうそう、前に聞いたわ。それがどないしたん」

空也は薩摩入りした前後の話を掻い摘んでして、

「あのとき半死半生のそれがしを助けてくれたのが薩摩藩の重臣渋谷重兼様と孫娘の眉月姫でございました。そこで二月あまり介護を受けて、かようにいまも息災に生きております。江戸のわが家では弔いの仕度をしたそうです。つまり渋谷重兼の殿様と眉月姫のおふたりはそれがしの命の恩人なのです」

しばし沈黙していた桜子が、

「うち、空也はんの言葉信じとうなったわ。腰の刀は公方様からの頂戴ものやて。

うちら、なんというお方と芝居をしたんやろ」

と思わず独語した。

京の花街が数多くあり、祇園甲部と祇園東のふたつの花街が祇園感神院のお膝下であることも、茶屋がどのような商いを為すのかも、空也は全く知らなかった。

置屋の女将に伴われて空也は桜子ら抱え四人の舞妓・芸妓といっしょに一力茶屋の表に立った。

「桜子さん、それがし、本日、どのようなことをなせばよい。そなた方の手伝いであろうか」

と小声で訊いた。その声を耳敏くも聞いた女将が、

「空也はん、あんたは客人衆から招かれはったんやがな、つまりは正客はんや」

「それがし、皆さんの他には知り合いはおりません」

「昨日の今日や、あんたはんの人気はこの祇園界隈でな、なかなかのものや。けどな、茶屋であの大声は張り上げられんがな」

「黙って座しておればよろしいので」

「あんたさんを招いたお方やが祇園の旦那衆とな、京都所司代牧野備前守忠精様

と京都町奉行はんやて。大変な顔ぶれや、えらいさんばかりやで。花扇はんらな、しっかりと芸を披露せんとあかんえ」

と最後は抱えの芸妓・舞妓の四人を鼓舞した。

「お待ちくだされ、女将。さようなおえら方の前でそれがし、席についてなにを為せばよろしいのであろうか」

と空也が女将に改めて質した。

「あんたはん、酒（ささ）も飲まへんと桜子に聞いたわ。たしかに大男がなんもせんで憮（ぶ）然（ぜん）とした面で控えているのは厄介（やっかい）やな」

「桜子、あんたが空也はんを引っ張りだして『牛若丸と武蔵坊弁慶』の芝居しいや。うちら三人、あんたらの芝居を遠目からしか見てへんがな」

置屋花木綿の姐さん株の芸妓花扇が口を挟（はさ）んだ。

「花扇、あんたらは芸妓やがな、注文が付けられるか。お相手は所司代はんやで」

と強い口調で女将が窘（たしな）めた。

結局、空也はどうしてよいか分からぬまま、桜子らと別れて二階座敷に招じ上げられた。

「おお、今宵の武蔵坊弁慶はんは粋な形やがな」

と祇園の旦那衆のひとりが言って迎えた。

「素顔はえろう若いがな」

「弁慶はんに扮した折りは壮年の僧兵如き悪たれやったがな」

と祇園の旦那衆が言い合って、所司代の牧野備前守忠精を見た。

京都所司代は朝廷に関する一切を掌り、公卿を監督し、訴訟を聴断し、寺社を支配した。

朝廷相手の公儀の第一人者は、当然大名が命じられる所司代であった。この京都所司代を大過なく勤め上げれば江戸に戻って老中職が待ち受けていた。

空也は一同に会釈すると座敷の端に坐しながら所司代の牧野忠精が何者か思い出していた。

一方、牧野もまたすでに空也が何者か承知していた。

「そなたら、武蔵坊弁慶が何者か承知か」

と祇園の旦那衆らに質した。

「牧野の殿様、祇園感神院の西ノ御門にて舞台を務めた者にございますな。名はなんと申したかな」

と祇園の旦那衆頭が朋輩の旦那に質した。

「名な、聞いたか。武蔵坊弁慶やないか」

「それは芝居の役名であろうが」

と言い合い、隣座敷に控えていた祇園社氏子総頭の五郎兵衛老を手招きして呼んだ。

「この者の名はなんと言ったかな」

「旦那、うちが聞かされたんは、空也はんという名だけでおます。当人に尋ねはったらどないどす」

「なに、この場で当人に質すなんて格好悪いがな」

と旦那衆のひとりがちらりと所司代の牧野を見た。その視線を感じながら牧野は知らぬ振りをしていた。

牧野備前守忠精は、譜代大名七万四千石越後長岡藩九代藩主である。生まれは宝暦十年（一七六〇）十月十九日ゆえ、働き盛りの四十歳であった。

むろん主君は家斉だ。ちなみに京都所司代を無事勤め上げた忠精は、のちに慣例通り江戸に戻り、享和元年（一八〇一）、老中に任じられている。

「空也はん、この期に及んで失礼は承知やが、あんたはんの姓はなんというのかな」

と五郎兵衛が腰を屈(かが)めて空也に近づき、質した。

そのとき、芸妓・舞妓が大座敷に入って席に着いた。すると所司代の牧野が、

「牛若丸役の桜子はおるか」

と声をかけた。

いきなり声をかけられた桜子は、はっとしたがすぐに落ち着きを取り戻すと、

「牧野の殿様、うちが桜子におます」

と返事をした。

「そなた、武蔵坊弁慶役の者の姓名を承知か」

「は、はい。坂崎空也様とお聞きしております」

「さすがは牛若丸よのう、相手の正体を承知か」

「殿様、うちが知るのは姓名だけでおます」

とだけ応じた桜子が、

「殿様、空也はんの正体をご存じとお見受けいたしました」

「よう、承知しておる。あの若者が携えておる刀をわが君、家斉様が下賜された
経緯(いきさつ)、洩れ聞いておるでな」

「修理亮盛光、でしたか」

「桜子、いやさ、牛若丸、そなたの家来の武蔵坊弁慶の出をあれこれと承知ではないか。そのほうの家来を予の前に伴なって参れ」

と命じた。

「畏まりました」

と覚悟を決めた桜子が空也の前に行くと、

「これ、弁慶、そのほう、所司代牧野様をご存じか」

「義経様、それがしが知る牧野様は、たしか寺社奉行をお勤めの折りかと存じまする。それがし、十三、四の折りにはどのような場においても緊張しておりました。ゆえにお声を掛けられた覚えはございませぬ」

「ならば、主の義経が許す。牧野の殿様に改めて挨拶をなせ」

と桜子の源義経が命じた。

その場の全員が成り行きを見守っていた。そして、この場のふたりが昨日までのお芝居の続きを演じているのか、現の問答か迷っていた。

「空也はん、ほんまに何者どす」

と小声で囁いて問うた。

「武蔵坊弁慶にして、ただの武者修行者に御座候」

と小声で答えた空也が、

「義経様、牧野の殿様へのお口利き宜しゅうお頼み申します」

「畏まって候」

と応じた桜子が長身の空也を所司代牧野忠精の前に連れていき、面前に控えさせた。

「殿様、わが家来、武蔵坊弁慶にございます」

「さようか、予が知るこの者の父御は、坂崎磐音どのと申してな、江戸神保小路にて直心影流尚武館坂崎道場の主である。この尚武館、公儀の官営道場と目される武道場であるぞ。つまりはわが眼前の若侍が跡継ぎであろう」

将軍家の道場の跡継ぎと京都所司代の牧野が一力茶屋の大座敷で公言したのだ。

一座の者が仰天した。

明日の食い扶持も懐にありそうもない武者修行者の出自を所司代の牧野にあっさりと明かされた。

「空也どの、武者修行、ご苦労にござる。携えておる刀は家斉様ご下賜の修理亮盛光であったな」

「いかにもさようです。牧野様は父を承知でございましたか」

「おう、そなたが豊後関前から武者修行に出たあと、予は江戸へ出た折りは尚武館をしばしば訪ねて幾たびか剣術談義をする親しい間柄になったわ。ようも無事で厳しい武者修行を続けておったな、父御の磐音どのから聞いておる」

この言葉を聞いた空也は牧野忠精が尚武館に通うようになったのは家斉の「命」ではないかと推量した。

「生死の戦を幾たびか繰り返しながら、なんとか現のこの世に戻ってきました。それもこれも上様から拝領の修理亮盛光のお蔭でございます」

「家斉様がそなたの言葉を知られたらさぞお喜びであろう。ところでいつまで武者修行を続けられるお心算か」

一力茶屋の広座敷にふたりだけがいるかのような問答になった。

桜子を始め、全員が聞き耳を立てていた。

「昨日までの芝居の縁にて源義経様と武蔵坊弁慶の双方が関わりを持つ鞍馬山から鞍馬街道の修行をしたのち、最後の地、高野山の麓の姥捨の郷に参る所存にございます」

「となると、われらがこの次に再会するのは江戸になるかのう」

「かもしれません」

　と応じた空也が、

「牧野様、これに控える舞妓の桜子はご存じのようにわが主でございますれば、どうか、桜子らの芸を堪能してやってくださいまし」

　と空也が願うと、桜子が立ち上がり、

「牧野の殿様、もうしばらく坂崎空也様をお借りしてようございますか。若武者坂崎空也はんの正体、うち、知りとうおます」

「桜子、来春までには坂崎空也どのを江戸に戻すことを予と約定するならば、そなたらの芸で剣術家坂崎空也の新たな顔を見せてくれぬか」

　と牧野が許して一力茶屋の広座敷がいつもの茶屋の模様を取り戻した。

四

「桜子はん、あんた、牧野の殿様にあんな約束してええのんか。空也はんは武蔵坊弁慶はなかなかやが、あとはどないするん」

　と芸妓の花扇が気にした。

「花扇姐はん、大丈夫どす。空也はんのお父上は剣術の達人どす。空也はんも父御の血筋どす、きっとうちらと合わせてくれます」

と桜子が花扇に応じて空也を見た。

「空也はん、いいか。江戸からきはった客人に習うた端唄があるがな。うち、よう端唄の文句は覚えてないわ、なんとのう頭に残ってる文句があるだけや。そないないい加減のかっぽれなら、空也はんはきっと踊れますえ」

「待ってくだされ。それがし、踊りなど踊ったことはござらぬ」

「いいか、うちの動きを見てな、好きなように剣術の稽古と思うて動きなはれ」

桜子は無腰の空也に白扇一本を渡した。

「いいか、扇が公方はんからもろうた刀やがな。思い付いたままに動かしてみなはれ、空也はん」

「さようなことが出来ようか」

と戸惑う空也に、

「坂崎空也はんは、公方はんから刀を頂戴した若武者やで、そんじょそこらにおらへんがな。えらいもんもろうてしもうたがなと思いながらもな、扇子を刀に見立てて動きにしたらいいんや。うちがうろ覚えの唄を歌いますえ」

と桜子がいい、囃子方（はやしかた）の姐はんがたに目顔で合図し、

「それ、かっぽれ　かっぽれ」

と桜子が透き通った声音で歌いだした。

「沖のくらいのに　白帆がみえるないか
あれは紀の国　みかん船とちごやろ
アアソレ　アアソレ
かっぽれ　かっぽれ」

と桜子が歌いながら優雅にも踊り出した。

空也は桜子の踊りの動きを見たとき、直心影流の法定四本之形の一、八相の動きを重ねた。

八相は、

「八ッ身姿とて、人生の得たる処の形をいう」

とある。

「人間の形、皆八の字備わり、生る前の形も八の字にそなわりて腹内に居る也」

と直心影流の極意では教えた。

空也は未だ法定四本之形の一の八相の理（ことわり）を身も心も分かっているとは言い切れ

なかった。

が、桜子の唄声と踊りを見たとき、なぜか父の磐音とともに演じた木刀一本目の発破とともよぶ八相の形が脳裏に浮かんだのだ。

空也は白扇を手に八相の動きを繰り出した。すると桜子が、

（それやそれそれ）

と頷きで応じ、囃子方の女衆が三味と鉦と小太鼓を叩いて添えてきた。

こうなると桜子が張り切った。花扇ら三人も空也も桜子のかっぽれの唄と踊りに応じた。思い付きのかっぽれだが、桜子はじめ四人の芸妓と舞妓の踊りは軽妙にして艶がある女踊りだ。

一方直心影流の極意で女踊りに加わった空也のそれは白扇が修理亮盛光に変じてなかなか豪快な男踊りだった。

「沖じゃうちのこと鷗というが　京の鴨川では都鳥やで
ここはどこぞと船頭衆が問えば　ここは屋島の壇ノ浦やで
アアソレ　アアソレ
かっぽれ　かっぽれ　甘茶でかっぽれ」

と最後は桜子の唄と踊りに花扇らも巧みに合わせ四人踊りにした。さすがは祇

園甲部の芸妓と舞妓たちだ。咄嗟の思いつきを形にしてみせたのだ。

　空也も白扇一本を手になんとか踊ってみせた。

　桜子は空也の扇子がぴたりと止まったのを見て、所司代の牧野や祇園の旦那衆方に坐して向き合った。空也も花扇ら朋輩たちも桜子の傍らに見倣って坐した。

「お粗末でございました」

　と頭を下げる一同の即席の手踊りかっぽれに所司代の牧野忠精らがやんやの喝采を送った。

「牧野の殿様、祇園の芸妓や舞妓が上手に踊るのは当たり前どす。けど、公方様ご寵愛の若侍はんが四人の芸人相手になかなかの男踊りですがな」

　と所司代の牧野と空也の父親が親密な付き合いがあると知った祇園の旦那衆のひとりが感嘆した。

「おお、それじゃ。空也、そなた、武者修行の最中に踊りもだれぞに習ったか」

　と牧野が空也に質した。

「殿様、それがしのあれは踊りではございません。わが主、牛若丸こと桜子様の命に従って、いい加減な動きを披露しただけです。主がたの踊りの邪魔をしたのではないかと案じております」

空也が桜子を見た。すると桜子が首を横に振って、

「空也はん、うち、びっくりしましたがな。なんとも見事な男踊りと違います、花扇姐はん」

「そや、うちも魂消たがな。空也はん、武蔵坊弁慶はんだけやおまへん。かっぽれも見事な芸どすがな」

と姉様芸妓が言い切った。

「どうじゃ、芸妓らから褒められてどんな気持ちかな」

「牧野の殿様、失礼ながら花扇どのも桜子どのもそれがしの拙い動きを慮ってあのように言ってくれたのでございましょう」

「さようか、花扇、桜子」

と牧野がふたりに質した。

ふたりして空也を正視しながら首を横に振った。

「空也はん、どこであないな芸覚えられたんどす、まさか薩摩ではおへんな、いや、長崎でっしゃろか」

と空也の来し方をいくらか知る桜子が糺した。

うーむ、困ったな、という表情で空也が戸惑った。

「坂崎空也どの、そなた、武者修行だけではなかったか」

牧野忠精も桜子の追及に加担した。

「殿様、主どの、わが父がこの場を見ていたら、びっくり仰天いたしましょうな」

「おお、武者修行に出したはずの子息が祇園の一力茶屋で芸妓や舞妓相手に、かっぽれを踊ったのじゃからな。なんとも余裕の武者修行ではないかと家斉様も驚かれような」

「いえ、父の驚きの理由はいささか異なります」

「どのようなことかな」

「出来ることならば、父には知られたくないことです」

「やはりどこぞの女性から教えられたか」

牧野の言葉に花扇が、

「うちらといっしょによその女子衆から習うたかっぽれを踊られたんかいな、空也はん」

と花扇の語調が険しかった。

ううーむ、と呻った空也が、

「牧野の殿様、父に会われてもこのことは内緒にしていただけませぬか」

「事と次第によるな。ともかく正直に話してみよ」

牧野忠精が空也の動揺を見て命じた。

それでも空也はしばし無言の間をもったのち、ようやく覚悟したか言い出した。

「殿様、わが父から物心ついて習ったのは直心影流の技にございます」

「で、あろうな。神保小路の官営道場には、直心影流尚武館坂崎道場と看板にある。されど予が尋ねておるのは最前の踊りについてじゃぞ」

はい、と頷いた空也が、

「いつでしたか、父がそれがしに直心影流の奥義、法定四本之形を見せてくれました。以来、父とともにあるいは独りで稽古をいたしました」

「直心影流坂崎磐音の直系はそなた一人（いちにん）」

牧野の言葉に頷いた空也が、

「その奥義の一が、八相とか発破と称する一の太刀にございます」

と言った。

「それがどうしたな」

牧野忠精は皆目見当がつかぬようで応じた。

その表情を見た空也は手にしていた扇を前帯にはさむと修理亮盛光を置いた場所へと、つつつ、と歩み寄り、盛光を手にした。

「牧野の殿様、ご一統様の不審を晴らすために盛光を遣わせてもらいます」

と断わった空也が、大広間の端に向かい、くるりと身を翻すと牧野らに向き合った。

そのとき、桜子らは踊り場から奥へと身を移して、空也のために場を広くした。

「主どの、恐縮にござる」

と桜子の厚意に謝した空也がその場に坐した。

修理亮盛光は膝の前に置いて、瞑目した。

長い瞑想のあと、空也は盛光を手に立ち上がった。

そのとき、桜子は空也の表情がこれまで見たこともない険しい剣術家のそれに代わっていることを察した。

白扇を挟んだ前帯に盛光を差し落とすと、虚空の一点を凝視した。

「直心影流極意　法定四本之形」

との声が響いた。

この場の者には予想もつかない展開だった。

「一本目、八相」

と発するとゆったりとした動作で盛光を抜き、ゆるやかな身のこなしで八相を演じ始めた。

しばし無言でその場の全員が空也の動きを見ていたが、

「おおー」

と牧野忠精がその動きが最前のかっぽれの動きと似ていることに気付いた。

「ああ、この動きやわ」

と感じた桜子も思わず立ち上がっていた。そして、自分の扇子を手に空也の傍らに立ち、家斉から拝領したという修理亮盛光の、ゆるゆるとしながらも寸毫の遅滞もない動きに舞扇で合わせ始めた。

一力茶屋の一座の者は、ふたりが演じる直心影流の奥義の一に釘付けになった。

刃が空間を斬り分け、舞扇が斬り分けた気をまた同化させた。

なんとも凄みと美しさのある両人の素踊りだった。

いや、最前のかっぽれと似ても似つかない動きでありながら、ふたつの動きはまったく一緒であることを教えていた。

法定四本之形の八相を武芸者と舞妓のふたりが演じ分けたのだ。

大広間の衆はだれも一言も発せず、呻き声も洩らさなかった。

ただ沈黙していた。

「許せ、坂崎空也どの」

と牧野忠精が口を開いた。

「殿様、詫びの言葉など無用にございます。かっぽれなる俗謡に直心影流の極意の一、八相が合うと感じたのはそれがしにございます」

「じゃが、そなたを問い詰めたのはこの牧野である」

「そのお蔭でわが主、桜子どのと二人かっぽれを一力茶屋のご一統様の前で演じることができました。このこと、父に知られたとて、なんの恥でもないと最前の動きで察せられました」

「坂崎磐音どのに予の口から告げてもよいというか」

「はい。父上は、直心影流の極意八相の動きが演じ方によっては、俗謡かっぽれと類似していることに驚くと同時に大笑いいたしましょう。何事もその動きの演技者の心持ちや研鑽によって技が千変万化するのは、あらゆる芸事に通じておりますまいか」

「おお、いかにもさよう」

と牧野も得心した。

「空也はん、訊いてよろし」

と桜子が遠慮げに尋ねた。

「なんなりと主どの」

「うちの芸は未だ極意とか奥義になっておへん。空也はんの剣術の奥義に導かれて二人かっぽれが出来たのやろか」

「主どの、坂崎空也も未だ直心影流の奥義に達せず。われら主従ふたり、迷いの最中にあるゆえに演じることができたかっぽれの女踊りと男踊りでござろう」

空也の返答にうんうんと牧野が頷き、

「うちら、えらい見世物を牛若丸はんと武蔵坊弁慶はんに見せてもろうたな」

と一力茶屋の主が得心したように言ったのをきっかけに賑やかな宴を取り戻した。

この宵、京都所司代の牧野忠精がひと足先に一力茶屋を辞去する折り、空也と桜子は表口まで一行を見送りに出た。

乗り物に乗ろうとした牧野が、

「用人室尾寺勇次はおるか」

と家臣のひとりの名を呼び、乗り物に呼び寄せた。

「はっ、殿、これに」

と乗り物の傍らに控えていた武家が主の前に畏まった。

「明早朝、所司代より早飛脚が江戸に発信せぬか」

「いかにもさようにございます」

と室尾寺が応じると牧野が空也に言った。

「空也どの、明日までに神保小路に書状を認める気持ちはないか」

「殿様、それがし、江戸とそれがしの生地、高野山の麓の姥捨の郷に宛てた二通を書き終えて明日にも飛脚屋に託そうと考えておりました」

「それはよい。明日の六つ半（午前七時）までに所司代役所に届けよ。飛脚より早く、江戸まで四日ほどでつく御用便に同梱しようではないか」

「おお、有難いお申し出にございます。それがし、飛脚代をどうしたものかと迷っておりました。なんとも嬉しきお言葉にございます」

「おおー、飛脚の代金にのう、そのような暮らしが武者修行であろう。今宵は、思いがけずそなたらふたりの至芸を見せてもろうた代わりじゃ。坂崎空也どのの二通の書状を預かり、江戸と紀伊の姥捨の郷に御用便にて送れ」

と命じた。

空也と桜子のふたりが四条大橋の袂まで所司代牧野忠精の一行を見送り、

「明朝、必ず所司代役所をお訪ねいたします」

「待っておりますぞ」

と受けた室尾寺が、

「次は江戸の神保小路でお目にかかりとうございます」

「はい、殿様が京を去られるのが先か、それがしの武者修行の終わりが先か、江戸でお会いしましょう」

と言い合って別れた。

その一行を見送っていた桜子が、

「うち、えらいお方と知り合いになったがな。どないしよう」

「主どの、いかにも譜代大名越後長岡藩の牧野の殿様は洒脱にしてえらいお殿様です」

「違いますえ。うちの眼の前のお方どすがな」

と言いながら、桜子がそっと空也の手に触れて、呟いた。

「渋谷眉月姫様はお幸せのお方やわ」

桜子の言葉に応じる術（すべ）を空也も持たなかった。

「桜子どの、はっきりと言えることがございます。それがし、これまで武者修行の最中に八度、真剣勝負を演じて参りました。祇園感神院の西ノ御門での牛若丸と武蔵坊弁慶の勝負、九番勝負に入れるべきかどうかと迷っております。たしかにあれは芝居の立ち合いにござった。それでもお互いが生き方をかけて戦ったことに間違いございませぬ。坂崎空也演ずる武蔵坊弁慶は、桜子扮する牛若丸に負けました。負け勝負もそれがしの武者修行の真剣勝負の一つかと存ずる」

との空也の言葉をしばし考えていた桜子が首を振って、

「あの勝負、坂崎空也はんの真剣勝負に入れてはならしまへん。うちら、憎しみ合って立ち合ったわけではおまへん。お芝居はお芝居のままがよろし。うちの願いは」

といったん言葉を切った。

「桜子どのの願いはどのようなものでござろうな」

「九番勝負も十番勝負もなしや、この足で江戸にお発ちになることを桜子は願うております」

空也は桜子に摑まれた手をもう一方の手で重ね合わせるようにしていたが、

「桜子どの、剣術家の生き方は死ぬまで続くものです。その覚悟を持って生きていくことです。京にいようと鞍馬山に入ろうと、はたまた姥捨の郷に行こうと江戸に戻ったとしても、剣術家坂崎空也の生き方が変わるわけではないのです」

との言葉を聞いた桜子が、

「うちら舞妓より厳しゅうおすな」

と呟いて、空也の重なった手からそっと自分の手を抜いた。

ふたりは無言で顔を見合わせていたが、

「それがし、明朝、鞍馬山に向かいます」

と言った。

寛政十一年晩秋の宵だった。

第三章　鞍馬の山道

一

内八葉外八葉姥捨の郷の村長気付で京都所司代から一通の御用便が届いた。隠れ里への格別の手づるを持つ所司代ならではの早便であった。

差出人は坂崎空也、宛名人は重富霧子だった。それを受け取った霧子が眉月と亭主のふたりを見た。

「霧子、空也どのからの文のようじゃな」

「はい」

「空也どのは京におられるか。所司代と付き合いがあるのであろうか」

利次郎が自問し、眉月を見た。

「眉月は、空也様が元気でおられる様子にひと安心しました」

と呟いた。

「霧子、姉のそなた宛ての文じゃ、読んでな、われらに内容を教えてくれぬか。空也どのは姥捨の郷にそなたひとりが待ち受けていると考えておるようじゃ」

「私どもの行動を空也に知らせる術はありませんでした。弟がそう思うていたとしても不思議はありますまい」

「ともかく霧子、空也どのの文を読んでくれ」

利次郎が女房の霧子に重ねて願い、封を披(ひら)いた。

空也の書状に眼を落とした霧子の表情を利次郎と眉月のふたりは見ていた。

姉弟と認め合う弟からの文を読む姉の表情に戸惑いが浮かぶのを利次郎も眉月もそれぞれ感じ取った。

(どういうことか)

ふたりにとって長い時が過ぎた。

「なんてことが」

と霧子が呟いた。

「どうした、厄介ごとか」

「空也様の身になにか起こりましたか」

とふたりが矢継ぎ早に尋ねた。

霧子が文面に眼を落としたまま、

「弟ときたら祇園感神院の氏子総頭に乞われて、『牛若丸と武蔵坊弁慶』のお芝居を感神院の西ノ御門にて演じたそうな。それも大勢の見物人を前にしてのこと」

「武者修行中の空也どのが芝居じゃと。どういうことか」

「形が大きな空也は武蔵坊弁慶役を頼まれたそうです。私の拙い言葉では事情が分かりますまい。おふたりして弟の文を読みなされ」

と霧子がふたりの前に差し出した。

利次郎が霧子の顔を見て、文を受け取り、眉月に読みやすいように拡げるとふたりして空也の書面に視線を落とした。

三人の間にふたたび沈黙の時があって眉月が、

「なんとも不思議な頼みを空也様は引き受けられたものですね」

とにっこりと微笑んだ。

「空也どのがかようなことに関心を持っておったか」

「主どの、空也が関心を持ったというより氏子総頭様方の懇願に仕方なしに受けたのではございませんか。なにしろ京に縁がある牛若丸と武蔵坊弁慶の芝居話を祇園感神院の氏子衆から持ちかけられては、断り難い（がた）のと違いますか」

「霧子様、利次郎様、『武者修行者のそれがしが芝居の立ち合い役を演じて敗北する経験は得難いものでした』と空也様は認（したた）めておられますが、どのようなお気持ちでございましょう」

と眉月がふたりに質した。

ううーむ、と呻いた利次郎が、

「薩摩国に始まった空也どのの武者修行をわれら、ほとんど承知しておりませんな。芝居とは申せ、勝負に負けたのはこたびが初めてではありませぬか。空也どのが芝居とはいえ負けを経験する、それも京ばかりか江戸でも名高い牛若丸こと源義経との勝負、なかなかの見物であったのではありませぬか、さような気持ちかな」

「舞妓の桜子様が牛若丸だそうですね」

と眉月が関心を持ち、

「桜子様の牛若丸が空也の芝居心を引き出したかに私には思えます」

と霧子が言い添えた。

「さよう、それがしには空也どのの武蔵坊弁慶と舞妓の桜子様の牛若丸の丁々発止が頭に浮かぶわ。空也どのが得難い敗北と言うのは、芝居の熱演のことを差しておらぬか」

利次郎の改めての言葉に姉の霧子が頷き、

「もはや空也様は京にはおられませんね。鞍馬山に籠っての武者修行に入っておられましょう」

と眉月が遠くを見る眼差しで、御客家の暗い天井を見上げた。

「鞍馬山の修行がどれほどの歳月かかろうが、次の地は姉霧子の待つ姥捨の郷に立ち寄ると確約してきたのです。それがしの勘では二月か三月するとこの姥捨の郷に姿を見せられますぞ」

と利次郎が言った。

ふたりの女衆が期せずして頷き合った。

京都御所の北、下鴨神社の西方の賀茂川に架けられた出雲路橋を基点にするゆえ出雲路鞍馬口と呼ばれた。この京の艮から鯖街道こと鞍馬街道、若狭街道とふたつの街道が走っていた。

鞍馬口から貴船口までおよそ三里（十一キロ）、下鴨神社、水鳥の遊猟地の深泥池、岩倉を経て空也は半刻（一時間）で貴船口に着いた。

鞍馬川と貴船川が合流する地が貴船口である。

空也は朝六つ（午前六時）過ぎに京都所司代用人の室尾寺勇次を訪ねて二通の文を御用便に同梱することを願った。三日前のことだ。

「空也どの、紀伊の姥捨と別便になるがよいか」

と分かり切ったことを室尾寺が聞いたのは、空也の行動が知りたかったからだ。

「この足で鞍馬山に向かいます」

「ちと気になることがあったゆえ尋ねた」

「どのようなことでございましょうか」

「京都所司代がどのような役目か承知かな」

いえ、と答えた空也に、

「朝廷、公卿、寺社を支配する他、四国、中国、九州の要領を任される。ゆえにそれがし、そなたのあの芝居に関わった薩摩人が気になったゆえ担当職に調べさせた。どうやら薩摩藩京屋敷では、弁慶役のそなたが薩摩に武者修行に入国した坂崎空也どのと知り、あのような者たちを祇園社の西ノ御門の芝居の場に送り込んで、空也どのの力を試したと思われる。ということは、今後とも空也どのに薩摩が刺客を送り込まれよう。それがしが思うには鞍馬山にもな」

と言い添えた。空也は、

「室尾寺様、忠言有難く存じまする」

と応じて別れたのだ。

空也は初めて鞍馬山の山道を駆けた。

古、牛若丸も武蔵坊弁慶も修行したと伝えられる山道は斜面に原生林の老杉古檜が聳えて険しかった。これまで多くの山道を走り回ってきた空也にとってもなかなかの山道だった。

京を出る折り、祇園感神院の氏子総頭の五郎兵衛老が、

「いいか、空也はん、鞍馬山は奥深いがな、あんたはんなら、いい勝負と違うか。そんでな、鞍馬山に飽きたらな、鯖街道を若狭へと走りなはれ。道中にある針畑峠はえろう険しい山越えやぞ。ええ修行になるがな」

と教えてくれた言葉を思い出し、

（近々鯖街道を走ってみようか）

とも思い付いた。だが、京都薩摩藩邸が送り込む刺客については、無視することにした。

だれであれ、刺客を送り込むことを武者修行者が拒むことはできない。まして、空也には、東郷示現流の高弟酒匂兵衛入道との薩肥国境久七峠以来の因縁があった。

将軍徳川家斉寵愛の空也への東郷示現流の門弟衆の襲撃を止めさせようと薩摩藩藩主島津齊宣は企てたが止まらなかった行為だ。

空也は剣術家であるかぎり死の日まで続くと覚悟していた。

そんな鞍馬山の修行の日々が始まっていた。

江戸神保小路の直心影流尚武館坂崎道場に京都所司代牧野忠精が差出人の分厚い書状が届いた。

「ご苦労でございました」

と遣いの者に丁寧に挨拶して受け取ろうとしたのは中川英次郎だ。

「そなた様は坂崎磐音様にござるか」

と文遣いが糺した。

「いえ、坂崎磐音はそれがしの舅にして師匠にござる。舅に直に渡すと申されるか。道場で指導をしておりますがこちらに呼びましょうか」

と英次郎が答えるのを偶さか式台に出てきた三助年寄りのひとり松浦弥助が聞いて、

「ご使者どの、英次郎様が坂崎家の身内であることに間違いござらぬ」

と言い添えた。

「ならば、そなた様にお渡しします」

と使者がようやく中川英次郎に渡した。

「ただ今京都所司代に赴任しておられる越後長岡藩主、牧野様からの義父に宛てた書状のようでござる」

と弥助に言い残した英次郎が道場に戻っていった。

牧野忠精から坂崎磐音に宛てられた書状は、磐音が尚武館での指導を終えたあと、母屋で披かれた。

磐音は近年だが親交のあった牧野忠精名の書状ゆえ、何事かと思いつつも独り封を披いた。すると分厚い書状には、なんと空也からの文が同梱されていた。

「うーむ、空也は京にて牧野様と知り合ったか」

と思いながら家人を呼んだ。

「おこん、睦月、京都所司代を勤めておられる牧野の殿様の書状に空也の文が入っておるわ」

と聞かされたおこんが喜びの表情を見せ、妹は、

「兄上ったら、金子を持ち合わせていないのか、所司代様を飛脚扱いにしておられるわ。武者修行者は礼儀知らずと言われても仕方ないわね」

と言いながらもまだ道場に居た亭主の英次郎にこの旨を告げに行った。

空也からの書状は、身内や剣友や高弟の前でいっしょに披くのが習わしになっていた。だが、この日、川原田家に婿入りした師範代の神原辰之助や三助年寄りのふたり松浦弥助、小田平助、若い門弟の速水改め米倉右近らと数は少なかった。

むろん空也と親しい「姉」の霧子も亭主の利次郎も、さらには渋谷眉月も重富夫妻といっしょに姥捨の郷にて空也の立ち寄りを待ち受けていた。さらに佐々木玲圓の剣友で、右近の父の速水左近も尚武館に姿を見せていなかった。

睦月が英次郎や川原田辰之助や弥助ら、わずかな空也の知り合いらといっしょに母屋に戻ってきたとき、牧野の書状を読んだと思しき磐音とおこん夫婦は、ふ

だん空也から文が届いた折りに見せる表情とは違い、おこんの顔には大笑いしたような様子さえ窺えて、睦月も、

「母上、大笑いなさるほど兄上の文が面白うございますか」

と質したものだ。

「はい、かような文は初めてです。なんと空也には芝居心がございましたか」

とおこんが思い出し笑いした。

一方、父の磐音の顔はなんとも複雑微妙な表情だった。

「母上、兄に芝居心とはなんですか」

牧野からの書状を手にしたままの父を見ながら、母のおこんに視線を移して睦月が問うた。

「睦月、そなたはいつも兄の空也が剣術ひと筋の面白みのない人間と評されますが、越後長岡藩の殿様の文の内容を知ったら、きっと驚かれますよ」

おこんが言い切った。

「父上、母上の申されること、どういうことですか」

空也から届く数少ない文は短くも素っ気なく、睦月は正直に兄の文はなんの面白みもないと常々告げていた。かような問いは妹しかできないのを同席した辰之

助や小田平助や弥助らも承知していた。

磐音がおこんを見て、そなたが告げよと目顔で訴えた。

「ご一統様、空也はなんと京の祇園社の西ノ御門の格別な舞台にて、『牛若丸と武蔵坊弁慶』の弁慶役を務め、三日間の芝居にて万余の見物人を大喜びさせたそうです」

とのいささか上気したおこんの言葉に一同はすぐには感想を述べなかった。しばし自分の気持ちを静めた睦月が、

「母上、なにがなんだかさっぱり分かりません。どうして牧野の殿様は兄がお芝居の役者を務めたことなどご承知なんでしょうか」

と話柄を転じておこんに問うた。

だが、おこんも直に牧野忠精の書状を読んだわけではなく、掻い摘んで亭主から話を聞いただけゆえ、

「睦月、空也がどうして牧野の殿様と京で知り合ったのか私は存じませんよ。はっきりとしていることは牧野の殿様が、空也が武蔵坊弁慶役を務めた芝居をご覧になってしきりに感心なされているということです」

おこんが言葉を重ねれば重ねるほど一座の者は困惑の体(てい)だった。

そんな様子を見た磐音が、空也が芝居の「牛若丸と武蔵坊弁慶」の弁慶方に抜擢された経緯を牧野の文章を織り交ぜながら縷々説明して、ようやく辰之助らも少しだけ理解した。すると睦月が、

「父上、兄上は背丈が高いせいで武蔵坊弁慶役を引き受けることになったのですか。驚いたわ」

と質した。

いつもの磐音ならば、文を回して内容をその場の全員に知らしめるのだが、牧野忠精は京都所司代を勤める譜代大名の藩主の身分であり、坂崎磐音宛に出した書状ということを慮って、身内や高弟とは申せ、直に読ませることをなさなかった。

ゆえに一同の者も睦月の問い質しを頼りにするしかなかった。

「睦月、空也が武蔵坊弁慶の役を引き受けたのは偶さか祇園社、つまりは祇園感神院の西ノ御門に佇んでおったからだ。空也はな、京の洛北の山中、空也瀧の修行から京の都に着いたばかりであったそうじゃ。牧野様が見るかぎりただ今の空也は六尺四寸を優に超えているそうで、京でも目立ったのであろう。そんな空也に眼をつけたのは祇園社氏子総頭の年寄りとか。京は江戸よりも古来町人の力が

強いな。ゆえに空也も氏子総頭の老人を容易く無視するわけにはいかなかったようだ」

「大先生、空也様が武蔵坊弁慶ということは相手がおられるのですな、どなたでござろうか」

と松浦弥助が関心を覚えたか問うた。

「それじゃ、祇園の舞妓でな、西国の大名家の京都藩邸に生まれ育った桜子なる娘御が務めたそうな。桂川（かつらがわ）先生のお内儀（ないぎ）の桜子（さくらこ）様と同じ名というのも空也にとって不思議な巡り合わせよのう。それにしても京の気風は江戸とはえらく異なるな。武家方の娘御が舞妓を志すことが許されておるか。そんなふたりの『牛若丸と武蔵坊弁慶』の芝居を牧野の殿様もご覧になったと最前もご一統に申し上げたな。牛若丸も武蔵坊弁慶もなかなか堂々たる演技でな、万余の見物の衆を堪能させたと認めてこられた」

磐音の説明で一同はなんとなくその場面を想像することができた。だが、武者修行中の空也のこれまでの来し方との違いを考えてか、一同は黙り込んでなにか思いに浸っていた。

磐音もしばし書状を手にしたまま我を忘れた様子を見せていた。磐音としたことが珍しいといえた。

「一芸を極めた御仁はくさ、どげんな場でん通じるとよう聞きますたい。空也さんも、偶さかの芝居の出来はそげんなことやろか」

とそれまで黙っていた小田平助が自問でもするように呟いた。

「小田様、それがし、剣術を修行してきたとは申せ、いきなり芝居の舞台に立て、ましてや万余の見物の衆の前で武蔵坊弁慶を演じよと命じられても、とても足が震えてできませぬ。度胸がないのでござろうか」

と辰之助がいい、速水左近の倅の右近も辰之助の言葉に賛意を示したように頷いた。

「おまえ様、牧野の殿様は、私どもを驚かせようといささか大仰な文を認められたのでしょうか」

おこんが一同の戸惑いの考えになにかを感じたか、口を挟んだ。その顔から最前の笑みは消えていた。

「どう思うな、おこん。正直に己の考えを述べてみぬか」

「牧野の殿様が坂崎磐音に空也のことで追従(ついしょう)をいう謂(いわ)れはございますまい」

「いかにもさよう。牧野様は正直な感想を述べておられると、それがしも文を読んで思うた」

「となると、武蔵坊弁慶の演技は空也さんの武者修行と重なり合ったゆえに秀逸の出来だったということですな」

と弥助が言った。

磐音が、ううーむ、と呻った。

「違いますので」

「いや、それぱかりではないのだ。京都所司代の牧野様は、三日間の芝居が終わったあと、祇園の一力茶屋に空也ばかりか芸妓や舞妓を招いて労ったそうな。その場で空也の身元を明かしたとか。その場でな、牛若丸役の弐條院桜子どのら舞妓たちが空也を相手に踊りを披露したそうな。牧野の殿様は、空也の端唄かっぽれなる俗謡にのってな、こちらも見事な素踊りであったと感激しておられる。わが倅が芸所の京の祇園の茶屋で舞妓や芸妓衆四人を相手に素踊りを披露とは、牧野の殿様が感心なさるのを信じてよいかどうか」

「空也は武蔵坊弁慶のみならず、端唄かっぽれの調べにのって、舞妓さんや芸妓さん四人を相手に素踊りですか。空也はどこでさような芸を覚えたのでございましょう。牧野の殿様はなんと申されておられます」

おこんは最前とは異なり、不安げな顔を見せた。

「おこん、牧野の殿様はそれがしと江戸にて再会した折り、その曰くを直に話すと申されておる」

「驚いたな。武者修行とは、ただ木刀を振り回しているばかりではならぬのか」

と辰之助は独語した。

磐音は、辰之助の独語にも答えず牧野忠精からの文を巻き戻した。

二

空也はそのとき、木刀を振り回しつつ老杉古檜が生い茂り、足元には岩盤が固いために地中に入り込めない樅、栂、樫などの木の根が絡み合う山道を飛び跳ねつつ奔っていた。

牛若丸こと源義経が天狗から兵法と剣術を学んだ山道である。

年古りた固い木の根がもつれ合いながら地を這う木の根道は、鞍馬山独特の山道だった。

鞍馬川沿いの鞍馬の郷を出ると鞍馬寺の仁王門から九十九折の山道を上って、

原生植物のような木の根道をひょいひょいと飛び跳ねるように奔りながら、片手の素振りを右、左と繰り返していく。

不動堂から奥の院魔王殿へ、細く急崖の山道をうねって駆け下り、貴船川に出ると貴船神社から船形石を見ながら貴船神社奥宮で一瞬、木刀の片手素振りを止め、ぺこりと頭を下げて拝礼し、芹生の郷方向へと向かう。

するとこの界隈の男衆や女衆が背に二俵の炭を負って鞍馬口や京まで売りにいく姿と擦れ違った。この界隈の実入りは炭と薪である。そんな荷を京の都に担いでいき、売って現金を得るのだ。

木刀で素振りをしながら奔る空也の姿を見ると、

「荒法師か」

と驚きの表情を見せたが空也のほうから、

「ご苦労さんです」

と声をかけた。

いつしか六尺を優に超えた若武者が鞍馬寺に泊まる武者修行者として知れ、親しげな挨拶を返してくれるようになった。

鞍馬川も貴船川も貴船口で合流し、賀茂川へと名を変える。

未明から日没までひたすら奔り廻り、天慶三年（九四〇）創建と伝えられる鞍馬寺の鎮守社由岐神社の宿坊に戻った。この宿坊は僧兵や法師らの修行の拠点であった。

祇園感神院の氏子総頭五郎兵衛老が空也へ口利状を持たせてくれたので、空也もその一員として即座に受け入れられた。

その日、待ち受けていた僧兵頭が、

「そなた、武者修行者と聞くがさようか」

と質した。

「いかにもさようです」

「鞍馬寺の竹伐り会式を承知か」

と尋ねた。

「存じませぬ」

「ならば明日未明、われらといっしょに竹伐り会式の稽古を行わぬか。この鞍馬山に生えている青竹を大蛇に見立てて、山刀で伐るだけの行事じゃ。武者修行者には容易い技であろう」

と説明した僧兵頭の顔には、

（どうだ、やれるか）

といった思惑があった。

「青竹伐りですか、それがし、やったことがございません。ぜひ竹伐り会式の稽古に参加させてくだされ」

と願った。

翌未明、由岐神社の拝殿前に四、五十人の僧兵が集まった光景は壮観だった。白頭巾に白装束、黒の袖無袴に丸帯の凜々しい姿だ。足元は、むろん草鞋履きだ。そんななかで空也だけが着古した道中着で腰に大小、手には愛用の木刀を携えていた。

僧兵頭の倶善坊が、

「そなたの木刀、使い込んでおるな。なにより並みの木刀と異なり、太くて重そうではないか。さような木刀を使って手首が折れぬか」

と気にかけた。

「毎朝毎夕素振りをするので慣れました」

「ほう、愚僧に持たせてくれぬか」

との願いに空也が渡すと片手で受け取った倶善坊が、うむ、と言って両手に持ち替えた。

「かような木刀の技、どこで覚えられた」

空也は最初の武者修行の地が薩摩であったことを正直に告げた。

「なにっ、薩摩とな」

倶善坊が疑いの眼差しで空也を見て、両手で木刀を上段から下段へとゆっくりと振り下ろし、

「毎朝毎夕素振りすると言うたが真か」

と質した。

「はい、『朝に三千、夕べに八千』が薩摩で教えられた稽古の仕方にございます」

「まさかかように重き木刀をさような回数素振りできるわけもあるまい。薩摩はなんでも大仰な国柄よのう」

倶善坊が一度として力を入れて素振りしなかった木刀を空也に返した。

「倶善坊どの、われに試させてくだされ」

と薙刀を携えた僧兵が僧兵頭に願った。

僧兵のなかでもひと際大きな体と太い手足の持ち主だった。手にした薙刀も刃が三尺はありそうな大業物だ。

「山城坊(やましろぼう)か。そなたが試すというか」

おう、と野太い声で応じた山城坊が仲間に大薙刀を渡すと空也の前に立った。

背丈は空也が二寸ほど高かったが胸厚の体は空也の倍はありそうだ。歳は三十前か。

「そなた、『朝に三千、夕べに八千』というたな。この鞍馬ではさような虚言は通じぬ」

と言いながら手を差し出した。

空也は無言で渡した。

「よかろう、わしがどこまで素振りできるか試してみようか」

と応じて受け取った山城坊が、

「愚僧の大薙刀ほど重くはないぞ」

と言い放つと拝殿前の広場に飛び降り、両手で握った木刀を米の字を書くように虚空に素早く振り始めた。

「おっと、いやいやなかなか重いのう。『朝に三百、夕べに八百』ならばなんとかなりそうな」

と言いながら右足を前に出した構えで米の字を書き始めたが、即座に上段からの素振りに変えた。

「やりおるのう、山城坊」

と僧兵頭が褒めて、空也を見た。

（どうだ）

といった問いだった。

「倶善坊どの、それがしに山刀をお貸しくださらぬか」

「おう、そなたは竹伐りを試してみるというか。竹伐りが得意は、この鞍馬生まれの若い僧、羅城坊でな」

と僧兵頭が目顔で竹伐りをやってみよと命じた。

「承った」

と羅城坊が承知した。

年齢は空也とさほど変わらぬ二十一、二歳か。

「空也どのと言われるか。竹はな、真上から直角に伐りさげぬと竹の繊維で跳ね返されて手首を痛める、斜めに刃を叩きつけると滑って山刀が飛んでいくこともある。まずは愚僧の竹伐りをご覧あれ」

というと仲間の僧兵ふたりが地表一尺五寸ほどの高さに水平にした竹の両端を

各々の片膝におき、さらに両腕でしっかりと抱えた。

羅城坊の竹の前に山刀を置く動作は、薩摩剣法のタテギ（横木）の前に木刀を置く動作と似ていた。

羅城坊が山刀を上段の構えに移した。

背後の本殿金堂には秘仏の「毘沙門天像」が「千手観世音菩薩像」、「護法魔王尊像」の三位一体の「尊天」として祀られ、羅城坊の竹伐りを見詰めていた。

「えいっ」

との掛け声とともに羅城坊の山刀が振り下ろされると、
バシリ
という音とともに三寸五分はありそうな径の青竹に刃が伐り込まれて、竹片が飛んだ。が、青竹は真っ二つに伐り割られたわけではない。羅城坊は間を置くことなく二撃目、三撃目と山刀を揮い、五撃目で、竹が、いや、「大蛇」が二つに伐り分けられた。

「お見事」

と空也が褒めると青竹を左右から支えていた僧兵仲間が伐り分けられた二つの「大蛇」を立てて一同に見せた。

羅城坊が山刀を空也に差し出した。

会釈を返した空也は腰の大小を抜くと、僧兵頭がひとりの僧兵に空也の大小を預かるように合図した。

若い僧兵が、

「預かり申す」

と受け取り、空也は羅城坊から山刀を両手で拝借した。

鍔なしの山刀は、山刀の名前どおりに山などでの作業に使うのが主たる役目だ。ゆえに刀というより鉈と評すべき道具か。刃長は一尺五、六寸。刃は厚みがあって重く、反りがあった。

空也は山刀の重さと均衡を手に覚えさせた。

刃の鋭さで伐るというより重さが青竹を断ち伐っていくのだ。

空也は、本殿金堂の「尊天」に、

「山刀を使わせていただきます」

と捧げて見せた。

そのうえで山刀の刃を改めた。

当然刀鍛冶が鍛え上げた盛光のような刃の鋭さは見られなかった。やはり力と

重さで竹を断ち伐るのだと得心した空也に、
「どうだな、試してみられるか。ただし、初めての者は力任せに叩いて手首を痛めるでな、注意をなされよ。まあ、重い木刀を朝夕何千回も振っておられるならば大丈夫であろうがな」

と僧兵頭の倶善坊が冗談めかして言った。

頷いた空也の前で新しい青竹がふたりの僧兵によって両腕に抱え込まれて保持された。

空也はその青竹を見つつ、片手で山刀をゆっくりと振り、山刀の動きを手に覚えさせた。

青竹の前に立った空也は腰を下ろし、青竹に山刀をつけて瞑目した。そして、右足を前にゆっくりと山刀を右蜻蛉に上げた。

しかし、両手で握る蜻蛉の構えでは、なんとしても山刀は短すぎた。ゆえに右手を外し、左手一本で異形（いぎょう）の右蜻蛉をとった。本殿金堂の毘沙門天が左手を翳（かざ）して外敵から京の都を守っている姿を思い出したとき、空也は自然に蜻蛉の構えを左手一本にしていた。

羅城坊の構えは上段のなかなかの構えだった。が、空也の左手一本の右蜻蛉に驚きともなんともつかぬ溜息が洩れた。

薩摩拵えの刀や木刀は長さがあるゆえ長身の空也の蜻蛉も構えになった。

だが、長身の空也が一尺五、六寸余の厚味のある山刀を左手一本の右蜻蛉に構えるとなんとも奇妙な構えに見えるらしい。空也が毘沙門天の左手を翳す姿と自分の構えを重ねているとはだれも考えもしなかった。

空也は、寸毫息を止めた。

次の瞬間、

「おうっ」

と気合を発した空也は毎日腕に叩き込ませてきた掛かりで、左手一本で青竹を打撃した。

鈍い刃ながら山刀の重さが青竹の表皮を断つと、真っ二つに伐り分けていた。

おっ
という驚きの声が洩れたあと、僧兵一統が無言になった。

しばし間があって、

「な、なんと」

「たったひと振りやで」

と口を開いたのは僧兵頭の倶善坊と山城坊のふたりだ。

空也は本殿金堂の三位一体の「尊天」に拝礼し、羅城坊に向き合うと、

「なかなかの経験にござった。山刀の刃に傷がついてなければよいが」

と言いながら山刀を返そうとした。

「愚僧、そなたが真の武者修行者だとただ今信じ申した。薩摩で教わった木刀の素振り、『朝に三千、夕べに八千』を信じたい」

と僧兵頭が言った。

空也はその言葉のなかに未だ疑いがあるのを悟った。

「薩摩は異境にございました。昼なお暗い鞍馬山が魔性を秘めた地と申されますが、薩摩の国境もまた『オクロソン・オクルソン様』の支配する異界でした。それがし、何十丈もの高さの岩場から落下して滝壺に落ち、気を失いました。半死半生で川内川の葭原に浮かんでいるところを薩摩藩の外城城主渋谷様と孫娘に助けられたのです。二月ほど気を失くし、薩摩から江戸のわが家に知らされ、身内らが弔いの仕度を為したそうな。ゆえに魔性を秘めた鞍馬山を信じるのです」

空也の言葉に青竹伐りを見せてくれた羅城坊が、

「そなたの言葉、愚僧は信じまする。青竹をただの一撃で伐り分けるなど、われ

らの技では決して出来申さぬ。そのうえで頼みがござる」

と空也に願った。

「なんなりと」

「薩摩の木刀振りをわれら一同に見せてくれませぬか」

「容易いことです」

とふたりは山刀と木刀を交換した。

愛用の木刀を手にした空也は改めて鞍馬寺本殿金堂の「尊天」像に拝礼すると、竹伐りの場を借りうけて、いつもの日課の「朝に三千」の素振りを始めた。

真っすぐに右足を前に出すと同時に右蜻蛉をとり、左右を激しく振り切った。

淡々とした空也の木刀が空を切ると、

「ヒュンヒュン」

と鋭い音が響いた。

空也の「朝に三千」の素振りが終わったとき、僧兵衆は茫然自失して、ふたたび「尊天」に拝礼する空也を凝視していた。

「他人の素振りを見物するなど退屈でございましょう」

「われら、鑑真和上の高弟鑑禎師の弟子たらんと鞍馬山にて修行をして参ったが、そなたの武者修行と比べるのも愚かなり、われらこそよき教えを頂戴した」

と僧兵頭倶善坊が言い、

「どうだな、明日からわれらに『朝に三千』の素振りを教えてはくれまいか」

と願った。

「僧兵衆とごいっしょに素振りをするなどそれがし、初めての経験にござる。楽しみです」

と応じた空也は、大小を腰に差し戻すと愛用の木刀を軽やかに振りながら、木の根道に向かって飛ぶように奔り出していた。

その後ろ姿を見ていた僧兵頭に声をかけたのは、由岐神社の宮司尾杉由則だ。

「倶善坊、あの若侍をどう思われるな」

「どうと尋ねられてもわれら一同言葉もござらぬ。われらの得意芸と思うておった青竹伐りをたった一撃で伐らはりましたがな。われら、ただ今からどないして修行したらよいか、頭の痛いことでござる。宮司はん」

「あの若い衆が鞍馬山修行する間、いっしょに修行したらいいがな。あんたら、朝に三千の素振りをいっしょにするのんと違うんかいな」

どうやら尾杉宮司は空也と僧兵衆のやりとりや青竹伐りのすべてを眺めていた

ようだった。

「そや、ああでも言わんと、わしの立場もあらへんがな。愚かやったかな、と悔いておるところや」

「僧兵頭、愚かやおへん。あの若侍と、鞍馬山修行しなはれ。あんたらは、未だあの若侍の真の修行を知らんやろ。あの武者修行の侍はんと同じ鞍馬山の魔界の気を吸うこっちゃ、それがな、あんたらの修行になるがな」

と宮司が言い切った。

しばし宮司の言葉を沈思していた羅城坊が、

「わし、鞍馬に生まれた人間や。なんとしてもあの武者修行の若侍に追い付きまする、宮司はん」

と言い残し、空也が姿を消した木の根道に向かって走り出した。

すると若い僧兵たちが仲間の羅城坊のあとを追って険しい山道を駆け登って行った。

残ったのは僧兵頭の倶善坊や山城坊ら七、八人だ。

「宮司はん、あんたはん、あの若者の正体を承知かいな」

「祇園感神院の氏子総頭はんから頼まれて、預かったんはうちやがな。承知どす」

「何者や」

「あんたらは若い僧兵のように若侍を追っかけできへんやろ。うちがあっさりと正体明かしてもおもろうおへん。あの若侍が鞍馬山修行を続ける間、あんたら、僧兵の頭分もいっしょにな、修行してみなはれ。鞍馬寺にも由岐神社にとっても悪いこっちゃないで」

と尾杉宮司が答えたが空也の正体は明らかにされなかった。

そのとき、羅城坊は、木の根道から義経堂（よしつねどう）の辺りを必死の形相（ぎょうそう）で走っていた。

だが、空也の気配はどこにも感じられなかった。むろん後から追いかけてくる仲間の僧兵たちとの差はさらに広げた確信があった。

この鞍馬山のことはだれよりも承知と羅城坊は信じてきたが、その羅城坊にして若い武者修行者に追い付けないとは、青竹伐りであっさりと負かされた以上に悔しかった。

（なんとしても貴船川に下る山道でその姿をとらえるぞ）

と羅城坊はさらに足を速めた。

三

空也の鞍馬山での修行は半月余りが過ぎていた。

早朝八つ半（午前三時）の時分から空也が由岐神社の境内で独り稽古をしていると僧兵たちが三々五々と集まってきて、青竹伐りや木刀での素振りの稽古をした。

空也はそんな朝稽古が日課になって数日後、タテギ台を自ら設え、この台を相手に稽古することを若い僧兵らに告げた。

「空也はん、薩摩ではかような台を相手に重い木刀で打って稽古を積みはるか。あの木刀を軽々と何千回も振り回せるはずや」

と鞍馬生まれの羅城坊が言ったものだ。そして、

「空也はん、手本を見せてくれんね」

と願った。

何本も杉の丸太を渡したタテギ台の前に立った空也は、続け打ちの構えをとった。

作法どおりにタテギ台に礼をなし、そのまま右足を出すと同時に右蜻蛉をとり、左右に七分どおりの力加減で打ち込んだ。

この続け打ちは薩摩流儀の東郷示現流というより薬丸新蔵が工夫した稽古法の基であり、同時に奥義であった。

空也の動きを羅城坊ら若手の僧兵が熱心に眺めていた。

老練な僧兵頭らは距離を置いて空也と若い僧兵の動きを眺めていた。未だ空也の正体を摑み切れないでいた。

続け打ちに慣れた空也が左右の足を一瞬に代えて打った。

「うっ」

と羅城坊ら若手が驚きの声を上げた。

谷川の水が流れるような滑らかな五体の変化に対してだ。

足の位置は立木に対して直角にして足のかかとをあげ、親指ひと差指中指の三本で立ち、『朝に三千、夕べに八千』のタテギ打ちを繰り返していく。

空也は新しいタテギ台に慣れると、羅城坊ら若手に、

「どうです、試してみませんか」

と声をかけた。

「われら、空也はんの木刀では重くてダメじゃ、わしらの木刀でよいか」

「むろんです、最初は軽めに横木の束が揺れる程度に打つのです」

とコツを教えた。

羅城坊らはこの稽古のために己に見合った木刀を各自が用意していた。

「よし、われがまず最初じゃぞ」

と鞍馬生まれの羅城坊が木刀を手に空也の作法を真似た。だが、右蜻蛉左蜻蛉の切り替えや三本指で立つことは初めての者には無理だった。

首を捻る羅城坊に空也が、

「作法はあとで覚えればようござろう。タテギ台に向かえばそれぞれが好きなように叩いてみてください。慣れれば気持ちよいですよ」

「そうかな」

と言いつつも、タテギ台に蹲踞して木刀をタテギ台につけ、立ち上がると木刀で杉の束を叩いた。杉の幹の太さは大人の腕と同じくらいで、その杉の幹が七、八本置かれていた。

羅城坊は慎重に七分ほどの力で木刀を揮ったが、

「あ、い、痛たた」

と木刀を放り出した。

「力いっぱいでは手首を痛めます」

「力は加減したがな、青竹伐りより大変じゃぞ」

「木刀を山刀に代えてみますか」

「山刀かいな、使い慣れておるで木刀よりは痛みは軽いかもしれん。じゃが、空也はんと同じく木刀で杉束を打ってみたい」

と羅城坊が木刀を拾い、

「こんどは三、四分の力で打つぞ」

「一度だけではなく何度も繰り返すように頭で考え、手にそのことを伝えるのです。繰り返し叩ければ楽しいですよ」

と空也に言われた羅城坊が三、四分の力でタテギ台を木刀で叩いた。すると幾たびも打つうちにタテギが少しだが揺れ始めた。

「おお、これはおもしろい」

と羅城坊が言ったが、仲間の若手は、

「羅城坊、それでは子供の遊びやないか」

とか、

「武術の稽古にならんがな」

などと言い合い、羅城坊に代わってタテギ台での続け打ちに次々に仲間が挑んだが、だれひとりとして杉の幹の束を大きく揺らす者はいなかった。

「空也はん、あんたが重い木刀で叩いたらどうなるんや、手首を痛めるか、それとも手首の鍛錬になるんやろか」

「いえ、それがしの五体がすでにタテギ打ちを承知していますから手首を痛めることはありません」

「ならばいつまで杉束を打てば杉束が叩き折れるな」

「羅城坊どの、杉束を折るのは難しくありません。それよりタテギを続け打ちにして五体にコツを覚え込ませることのほうが難しいのです。それがタテギ台を使った続け打ちでの鍛錬であり、真髄です」

「なに、この杉束を折るのは難しくないというか」

「いくら重い木刀とはいえ、折れるわけもなかろう」

と若い僧兵たちが言い合った。

羅城坊が黙って空也を正視し、木刀を差した。

空也はタテギ台の前に立ち、いつもの作法に従うと、その場に立ち上がった。

そして、一拍間を置いた。

愛用の木刀を右蜻蛉に構えた。

「おおー」

と僧兵たちの間から空也の大きな構え、右蜻蛉に驚きの声が上がった。

羅城坊もかような大きな構えを見たことがないと思った。

空也が溜めていた息を吐くと腰が沈み、右蜻蛉に構えられた木刀が光になって体の動きと相まってタテギ台の杉束の中ほどに吸い込まれた。

杉束がまるで刀にでも斬り割られたように、すぱっと二つに分かれていた。

「うっ」

と僧兵たちが呻き声をあげたが、だれも言葉は発しなかった。

空也は静かに立ち上がり、タテギ台に一礼した。

「ご一統、これが薩摩藩の御家流儀、東郷示現流から派生した野太刀自顕流とも薬丸流とも呼ぶタテギ打ちにござる」

若い僧兵たちがなにか言いかけたが言葉にならなかった。

この場の様子を少し離れた所から見ていた僧兵頭の倶善坊がタテギ台に走り寄り、二つに折れた杉束を見て、

「なんやー」

と空也には理解できない叫びを発し、

「あんたはん、鞍馬山で育った若杉の幹八本ほどをその木刀の一撃で二つにされたか」

と質した。

「僧兵頭、わしら、この間近で見たがや。あの重い木刀ですぱっと切り分けられたがや。空也はん、何者や」

と羅城坊が空也を見た。

「一介の武者修行者にございます」

「あんたが武者修行者ならば、われら僧兵には見習いの文字が要ろう。武者修行は薩摩に始まり、四年というたな」

「いかにもさようです」

「どのような修行をしたらさような技を会得できる」

「羅城坊どの、それがし、薩摩に入る前、日向国延岡城下を流れる五ヶ瀬川のほとりで、ひとりの遊行僧にお会いしました。世を捨てて、流浪してきた聖と問答を交わす機会がございました」

「延岡城下に御用か」

「いえ、武者修行です」

「十六歳のそれがしが薩摩に向かうと知られた遊行僧は、無知のそれがしに無言の教えを贈られました」

「なんという言葉か」

と僧兵頭の倶善坊が空也に質した。

『捨ててこそ』の一語です」

「なんと空也上人の言葉を授かり、薩摩を目指されたか」

「寛政七年（一七九五）の夏のことでした」

僧兵頭の倶善坊ががくがくと頷き、言い添えた。

「あんたはん、ほんものの武者修行をしてきなさったか」

翌未明、空也は鞍馬街道鞍馬の宿場に姿を見せた。するとひとりの僧兵が空也を待ち受けるように立っていた。

鞍馬生まれの羅城坊だ。

「鞍馬山の修行は終えられましたか」

と空也とほぼ同世代の僧兵が糺した。

「いえ、鞍馬山の修行は途次(とじ)にございます。本日は、皆さんにお聞きした鯖街道を若狭国小浜(おばま)まで往来してみようと思い付きました」

との空也の言葉に羅城坊がにやりと笑った。

「昨日の夕餉(ゆうげ)の折り、僧兵頭に鯖街道のことを尋ねておられたので、なんとなくそうではないかとお待ちしておりました」

「羅城坊どのが道案内をしてくださりますか」

「愚僧が空也どのに教えられることは、なにもないと分かりました。ですが、鞍馬に生まれたわれは、鞍馬街道から若狭小浜ならば掌のように承知です。お望みならば本日これから鯖街道こと鞍馬街道を道案内ができまする」

「それは恐縮至極」

と空也は答えるしかなかった。

「いえ、明日をも知れぬ武者修行を四年もなしてきた空也どのに道案内など不要のことは重々承知です。正直な気持ちを告げますと、空也どのとふたりだけで旅がしたかったのです。はい、空也どのが遊行僧に無言裡に授けられた空也上人の言葉が『捨ててこそ』と知ったとき、空也どのとなににも増していっしょに旅がしたいと思ったのです。ご迷惑ですか」

「いえ、同行者のいる旅など滅多になしたことはございません。嬉しいかぎりです」

「真(まこと)ですか」

「われら、鞍馬寺由岐神社で同宿の修行者です。迷惑などありましょうか」

との空也の言葉を聞いた羅城坊が、よかった、と安堵(あんど)の表情を見せた。

「僧兵頭に空也どのと旅に出るとの文を残してきました」

「なかなか手際がいいですね」

「鞍馬生まれのわれ、鞍馬寺門前の炭屋の三男坊です。それで茶屋で小僧をしたり、京に出てあれこれと仕事を変えたりしましたがどれもうまくいきません。そこで鞍馬に戻って僧兵になったのです。僧兵を辞めろと僧兵頭が申されれば、また炭屋の三男坊に戻ればいいことです」

羅城坊は屈託のない暮らしに憧れているように思えた。

「羅城坊どのの名はなんと申されますか」

「小さな炭屋を営む家に生まれた炭屋の七之助です」

「まさか本当は七男坊というのではございますまいな」

「鞍馬寺門前町は『七仲間』という古老の旦那衆が治めておりますでな、うちは『七仲間』でもないのに七の字を頂戴しただけの話です」

「ほう、鞍馬寺門前町は『七仲間』なる古老が治めておられますか」

「ええ、山の中の鞍馬ですが、若狭の魚や丹波の米や酒が集められ、昔から鞍馬は『船のない湊』と呼ばれています。とくにこの界隈は出来のよい薪炭の集散地として知られています」

「ああ、独りでこの界隈を走り回っていた折り、炭を担いだ男衆や女衆としばしば出会いましたぞ」

「これから向かう花背の郷もまた薪炭の産地です。これらの薪炭は鞍馬を経て京の都に送られるのです」

「そうでしたか。七之助どのと旅をすると物知りになりそうです」

と空也が言った。

「空也どのは本名ですよね」

「坂崎空也です。旅の間は七之助と空也と互いを呼び合いましょうか」

「おお。それは気楽でいいぞ」

僧兵の羅城坊から本名の七之助に戻ったせいか、言動まで平易になった。そんな七之助の背にはいつ用意したのか大きな竹籠(たけかご)が背負われていた。

鞍馬の宿場を越えて杉林に向かうふたりは、炭を担いだ女衆の一団と擦れ違った。すると僧兵姿の七之助を見た女衆のひとりが合掌した。七之助から羅城坊に戻った僧兵が合掌を返すと、女衆の仲間が、

「みろくのおばちゃん、眼が見えんかや、炭屋の七ちゃんやが」

「なんや、七之助かや、手を合わせて損したがな」

とみろくのおばちゃんが答え、女衆が苦笑いした。

「女衆ども、この姿は鞍馬寺の僧兵羅城坊なるぞ」

「七やん、相変わらず竹伐りに精出しとるかや」

と別の女衆が七之助に質した。

「竹伐りな、この隣の侍さんの竹伐りみたら、七之助に戻りたくなったんや。空也はんは、本物の剣術の達人やぞ」

七之助が女衆に正直な気持ちを告げた。

「七ちゃん、竹伐りも落第やて」

「なにしてものにならん炭屋の七之助やで」

と女衆が言いながら鞍馬へと下っていった。

女衆の言葉が堪えた風もなく七之助は笑いながら花背へと足を向け、空也に説明した。

「いいですか、空也はん。この先で鞍馬街道の最初の峠道花背峠を越えますぞ」

「はなせ峠ですか、どのような字を書きますか」

「花背峠と書きますがな。花はな、京の都どす。花を、京の都を背にして上る山道やよって花背峠です」

七之助の言葉にはなかったが、花背は弥勒信仰の郷だった。だが、七之助は、

「空也はんよ、花背の郷のな、先の大悲山峰定寺は、修験道の霊山やぞ」

「ほう、次なる郷の花背は、修験道の霊山ですか。いいことを聞きました、お寺から大悲山に登りましょうか」

「うーむ。花背の郷でいきなり山登りか、こりゃ、僧兵の暮らしより厳しくないか」

と七之助がぼやいた。

華やかな地名の花背峠は、空也にとって大した峠越えではなかった。花背の郷

は実に長閑な風景が広がっていた。段々の田圃に藁屋根が点在する景色は、空也ばかりか、七之助の気持ちもほっとさせた。

郷の北東に聳える大悲山は、山容が吉野の霊峰大峰山に似ているために、

「北大峰」

と呼ばれる霊山だった。

その中腹に大悲山峰定寺は建っていた。

ふたりは峰定寺に詣でて花背の郷に下りる前に大悲山に登った。

武者修行者と鞍馬寺の僧兵にとって、四半刻（三十分）もあればその頂に辿りつけた。

「おお、なんとも鞍馬街道は穏やかな道中ですね」

「空也はん、もうひと月ふた月もしてみなされ。雪が降った折りの峰定寺界隈は、積もった雪に閉ざされて幾月も冬籠りの暮らしを強いられます。京でも有名でしてな、峰定寺の観音会の二月十八日ごろには、京でも雪がよう降りますがな。そんでな、京の人は、『大悲山荒』と呼びますんや」

と京でも暮らしたことがあるという七之助が言った。

「七之助どのは物知りです、勉強になります」

ふたりは大悲山の頂から花背の郷を見ながらのんびりと時の移ろいを楽しんだ。

「空也はん、こりゃ、小浜に今日じゅうに着きませんな」

「鞍馬から小浜まで何里あります」

「鯖街道を始め、あれこれと街道がありますがな、京と小浜はおよそ二十里と思ってくだされ」

「こうのんびりだと山道二十里は無理ですね。本日はどこまで行けますかね」

「広河原（ひろがわら）は行けるやろか、久多（くた）辺りかな」

「山寺でもあれば軒を貸してもらいますか」

「わし、今朝がた、炭屋によって握りめしをお婆に作ってもらいましたがな。背中に負うてる竹籠に握りめしやら何やらあれこれ入っておるがな」

「おお、それはいい」

「空也はん、知らんやろ、鞍馬名物の『木の芽煮（きのめに）』をよ、山椒（さんしょう）の実と昆布の海山の幸を炊き合わせたもので、握りめしに入っておるぞ」

「美味そうですね」

若いふたりして飽くまでのんびりとした旅だった。

四

広河原の郷で若狭街道と、針畑川沿いに針畑峠を越えて小浜に向かう道がふた手に分かれる。このうち七之助はあえて険しいほうを選んだ。空也のために選んだ道は、

「空也はん、この針畑越(はりはたごえ)は最も古い鯖街道やぞ。わしらはな、山城から近江国(おうみのくに)を通って若狭に出る道中や。この鯖街道を通ると京と若狭の小浜の間が二十里と爺様に教えられたんや」

「鞍馬から若狭に向かう道は何本もあるのですね」

「そやそや」

「われら、鯖街道を若狭に向かうのですね」

空也は念押しして七之助が、

「なんというても鯖街道が古いがな」

と応じた。

ふたりは広河原を経て、能見川(のうみがわ)、宮谷川(みやたにがわ)沿いに東に進むと、京の最北端の山間

集落に、久多の郷に辿りついた。

ふたりしてあちらこちらを眺めながらのんびりと歩いているようで、ひとりは武者修行者、もうひとりは鞍馬生まれの僧兵だ。辺りの景色と天気を楽しみながら難なく久多に出ていた。

「久多は山城国やがな、次は近江国やぞ、ひと休みするか」

七之助が声を掛けたがこれまでの道中とさほど変わりないように空也には思えた。

「国境を越えますか」

空也の返答に足を休めることなく進みながら、

「わしらが進む鯖街道の東側に比良山地が聳えておろうが。あの山の向こうに琵琶湖が眺められるぞ」

と山並みを手で差し示しながら説明した七之助が、

「比良山地に登って琵琶湖を眺めるなんて言わんでや。いつまで経っても若狭に着かんがな」

と慌てて言ったが、その口調に空也の歩きを試している様子があった。

「本日は七之助どのの案内に素直に従いますぞ」

にっこりと笑った七之助が、

「わしら、朝めしを食うてないな。どこぞで鞍馬名物木の芽煮の握りめしを食そうか」

「おお、楽しみです。山城と近江の国境で食しませんか」

「よかね。針畑川沿いに進んで小川(こがわ)へ抜ける辺りが国境や。そこでな、朝めしと昼めしを兼ねた木の芽煮の握りめしやぞ」

とふたりの脚が早まった。

「空也はん、あんたは江戸生まれやな」

と話柄を変えた。

「いえ、高野山の麓の姥捨の郷で生まれました」

「なんや、紀伊国の生まれか」

七之助は勝手が違ったという顔を見せた。

「両親がさるお方に江戸を追われて諸国を遍歴している最中、姥捨の郷で生まれたのです」

「さるお方ってだれなん」

「七之助どのは公儀の老中だった田沼意次(たぬまおきつぐ)様をご存じですか」

「おお、田沼はんは承知やがな、えらいはんやけどもう死にはったがな。違うか」

「いかにもさよう。それがしが生まれる前から権勢を揮っていたお方です。その田沼様に江戸を追われたのがわが両親です。姥捨の郷で生まれたそれがしは、物心ついた三歳のころに両親に連れられて江戸に戻りました」

と空也は初めて会って親しくなった人にいつもしているように己の出自を語った。

「親父はんは何者や」

「剣術家です。ただ今は江戸の千代田城近くの神保小路で道場を開いています」

「なんや、貧乏道場の主かいな。そりゃ、老中の田沼はんと関わりないで。親父さんが江戸を離れたのは他の曰くやな、例えば食い詰めて江戸を出たとか」

七之助が空也の言葉を勝手に解釈して言った。

空也はもはや七之助の解釈に抗うことはしなかった。

「そうか、空也はんが武者修行に出かけたんは親父はんの命か。けど、江戸でも剣道場ではめしが食えんやろ。わしが京におるときな、近くに町道場があったわ、門弟のだれひとりとして懐が裕福なもんはおらんがな、道場主も商いにならんがな。空也はんもいい加減なとこで武者修行を辞めて、どこぞの娘はんの家に婿入りしいな。顔はついてりゃいい。三度三度のまんまが食えるのが大事やで」

と七之助が言い放った。

どうやら彼自ら考えていることらしいと空也は思った。

「江戸は京より大きな都と聞くが真か」

とまた七之助は話を変えた。

「大名諸侯が参勤交代で江戸藩邸に上がってこられますから、何十万人の武家方がおられますね。その点、京は町人衆が昔から力を持っておられるようですし、女衆が賑やかに暮らしておられて華やかですよね」

「おお、空也はんは男くさい江戸より京が好きか、そりゃそうや」

と言った七之助は京暮らしを想い出したか、

「けどな、わしら鞍馬の山もんにとって、京の女子(おなご)は厳しいぞ。空也はん、京に来て優しい娘御とあったか、どや」

七之助が空也の顔を覗き込んだ。

そんな問いに舞妓の桜子の面影を思い出し、

「祇園の」

と言い出し、途中で止めた。つい先日出会い、別れたばかりの舞妓だが、遠い昔のように思えた。

「どうした、祇園の舞妓はんを思い出すはずはないわな。懐に銭がなきゃ相手もしてくれへんわ」

七之助が言い切った。そして、

「おお、近江の国境がこの先に見えたがな」

と行く手を差した七之助が、

「空也はん、なんでもや諦めたらあかん。けどな、武者修行は間違いやわ、銭貯まらんがな。親父はんの暮らしを想い出してみい。暗い道場で男同士が汗流してもどもならんやろが。それよりや、銭持ちの娘の婿になるのがいちばんやで」

と繰り返した。

「七之助どのもさような娘御を探しておられますか」

「ああ、産まれて以来、分限者の娘はんに会うたら、真っ先に声かけとるがな」

「成果はどうです」

「成果な、あかんな」

とあっさりと答えた。

空也はお金に執着する人間とは相容れないと思ってきた。だが、七之助の言い方はさばさばしていて悪い気持ちにならなかった。

「諦めたらいけませんよ」

「そりゃ、わしの台詞やがな」

七之助が応じたとき、山並みが望める国境に着いた。

「よっしゃ、この際、娘っ子は忘れて木の芽煮の握りめしやぞ」

路傍にあった岩に腰を下ろした七之助は背に負った竹籠から竹皮包みを出して、ふたりの間に広げた。

「これが木の芽煮や」

七之助が見せたものは一見佃煮に見えた。握りめしと別に木の芽煮を七之助は持たされていた。

「これが木の芽煮ですか、佃煮に見えますね」

「おお、山椒の実と葉と昆布をな、醤油、砂糖、みりんを合わせた垂れで、昨日の晩からお婆が炊いた木の芽煮や、つまんでみんね」

七之助が空也に勧めた。

鞍馬の名物の木の芽煮をつまんで口に入れた空也は、

「これは美味い、香りがいい」

と思わず叫んでいた。

「木の芽煮はな、古の和歌集の本に『めづけ』というて書かれてあるそうや。うちの婆さんのめづけ、木の芽煮は鞍馬の宿でも絶品やで」

七之助が自慢するだけに、ほんのりと山椒の実と昆布がからみ合って上品な味だった。

また木の芽煮を包んだ握りめしもなんともいえない味わいだった。

ふたりは握りめしをふたつずつ食べて半分は残した。

鯖街道にめし屋などないことを、もはや今朝からの旅で空也も分かっていた。

七之助のお婆様もそれを承知で、孫と空也のふたりに食い物を多めに持たせていた。

「食った食った」

と腹をぽんぽん叩いた七之助と空也は、近江国の国境の岩場から腰を上げて、ふたたび鯖街道に戻った。

近江国に入ったふたりは、針畑川に沿って北上し、平良(へら)なる郷に着いていた。

「この先で近江から若狭に入るがな、針畑越が鯖街道の難所のひとつやで」

「ふたたび国境ですか」

「おお、鯖街道は入り組んでおるでな、山城から近江、近江から若狭と国境を越えよるわ。何度もいうがこの鯖街道がな、京から若狭の最も短い道中でな、よう知られた道やがな」

と物知りの七之助が言い切った。

「七之助どの、難所の針畑越を日があるうちに越えられますか」

「鯖街道なめたらあかんわ。そう容易く針畑越ができるもんやない。針畑峠越は明日の昼前やな」

「となると、われら、どこぞで泊まることになりますか。それとも夜道を歩き通しますか」

「空也はん、鯖街道をなめたらあかんというたやろ。夜道が歩けるものか。というても旅籠なんぞあらへんで」

「郷もありませんか」

「久多よりも小さな集落があるわ。ううーん、まず針畑越の前に桑原、古屋、中牧、小入谷とちいさい郷あるがな、どこやろな。そや、古屋に洞照寺の末寺があるわ。無人でな、久しく泊まったことがあらへん。ひょっとしたら荒れ果てておおるかもしれんが寒さはしのげよう」

「無人だろうが荒れ果てていようが、屋根の下に寝泊まりできるのは極楽です」

と七之助が言った。

「おお、武者修行者はそうそう旅籠に泊まれぬか」

「泊まれませぬ。野宿することもしばしばです」

「もう冬に入っとるがな、そうはいかんがな」

「七之助どのは僧兵修行をこの先も続けられますか」

「うーん、いつの間にか二十歳が過ぎてもうた。いつまでも竹伐りばかりを見世物に生きていけんわ。どないしょう」

空也の道案内をしようと考えたのは、僧兵修行では暮らしが立ち行かぬと思ってのことか。七之助は生き方に迷いが生じていたのだ。

ふたりは同世代ということもあって、気軽にあれこれと話し合い、無言裡では脚を早めたりして鯖街道を進んでいく。

陽射(ひざ)しが西の山の端にかかったとき、空也が尋ねた。

「鞍馬寺の門前町の炭屋の跡継ぎはどうです」

「三男坊ではどもならんがな。空也はんは、武者修行終えたら江戸の貧乏道場の跡継ぎになるか」

七之助が神保小路の官営道場と目される尚武館坂崎道場を貧乏道場と決めつけたうえで反問した。

「さあてどうしましょう」

「貧乏道場の跡継ぎもきついわな」

「それがし、ひとり妹がおりまして、武者修行の間に門弟のひとりと所帯を持ったそうです」

「ほなら貧乏道場は妹と婿のふたりに譲ったらいいがな。さっぱりするで」

「七之助どのは他人のことならばきっぱり決め付けられますね」

「おうさ、他人のことは責任(せめ)もないがな」

「自分のこととなると難儀ですか」

「難儀やな」

と応じた七之助が、

「おう、いつの間にか桑原を過ぎとるがな。古屋はもう十丁とないわ。どうするな、空也はん」

「無住のお寺さんを今夜の宿にしましょうか」

「そうしよそうしよ」

七之助があっさりと空也に応じた。

ふたりは鯖街道の西を流れる針畑川の流れを見下ろす土手上に建つ無住の洞照寺末寺になんとか日があるうちに到着した。

無住の本堂は十畳あるかなしか、本堂の裏手の流れを見下ろすところに宿坊があった。囲炉裏のある板の間に土間があって鯖街道を往来する旅人が泊まることもあるのか、どこも掃除が行き届いていた。

七之助が夕餉の仕度を始めて、空也は囲炉裏に火打石と小割を使い、火を熾した。辺りが暗く沈む前に囲炉裏の火が燃え始めたので、ふたりはほっと安堵した。

「空也はん、残った握りめしのうち半分のふたつを土鍋で木の芽煮の雑炊にせえへんか」

「夕餉もご馳走ですね」

ふたりは囲炉裏の火で土鍋に湯を沸かし、握りめしを解して、木の芽煮を入れた。すでに味付けがされている木の芽煮を加えたことで雑炊はいい塩梅に仕上がった。

七之助が器に注ぎ分けてふたりは合掌して食し始めた。

「七之助どのは、酒を飲まれませぬか。僧兵がたはなんとなく酒が好物のように思えますがな」

「鞍馬寺の僧兵のなかで酒を飲まぬのは三人ほどや、わしもそのひとりや。空也はんは武者修行中ゆえ、自ら禁じておるんかいな」

「十六歳で薩摩に入りましたが酒好きの薩摩でも一滴も飲まずに過ごしました。その後も酒を飲む機会はありましたが格別飲みたいとも思わず、今に至りました。今宵は酒を飲めないふたりが木の芽煮雑炊で幸せな気分です」

「いかにもいかにも」

とふたりが言い合い、満腹した。

夕めしの後片付けをしたが眠りには早かった。

空也は勝手の外に囲炉裏の薪にする丸太があるのを見ていた。そんな丸太を土間に持ち込み、台所の土間の壁にかかっていた斧で囲炉裏の薪を作ることにした。

半刻も丸太を割ると今宵ふたりが囲炉裏で使った倍くらいの薪が出来た。

刻限は五つ（午後八時）前後か、本堂に人の気配がした。

鯖街道を使う漁師か、と思っていると、囲炉裏端に夫婦連れと思しき武家の男女が姿を見せた。

土間に立ち、斧を手にした空也を見て、はっ、という表情を亭主が見せた。

「旅のお侍はんにしては、えらい遅い刻限でおますな」

と鞍馬寺の僧兵姿の七之助が糺した。

しばし沈黙して空也と七之助を見ていた訪問者が、

「いささか事情があってな。そなたは、もしや坂崎空也どのではござらぬか」

と空也に問うた。

「ほう、それがし、そなた様とどこぞでお会いしたことがありましたか」

「いや、われら、初対面でござる」

と応じた相手が、

「それがし、若狭小浜藩酒井家家臣、京屋敷に奉公する調役野尻玄左衛門と申す」

と名乗り、

「野尻様、お内儀様、まずは囲炉裏端にお坐りくだされ」

と空也が願って、ふたりを火の傍に招いた。

野尻は三十過ぎか。落ち着いた言動から察して譜代大名小浜藩十万三千五百石の中士かと空也は察した。

「それがし、偶さかそなたが演じられた武蔵坊弁慶の芝居を祇園感神院の西ノ御門にて見ておりまして、そなたが何者か遠目ながら承知しておりました」

「なんとあの遊びをご覧になったお方でしたか」

「坂崎どのは京都所司代牧野忠精様と昵懇とか」

「いえ、牧野様と昵懇の付き合いはそれがしの父にございます。それがしは武者修行中の未熟者にございます」

「いえいえ、あの芝居を演じられる武者修行者がおられるとはと、牧野様の用人の室尾寺勇次どのも感心しきりにございました」

「野尻様は牧野様の用人室尾寺どのをご存じでしたか」

「それがし、小浜藩京屋敷の奉公ゆえ、所司代の牧野様の用人室尾寺どのとは御用上それなりの付き合いにございます」

と野尻が言った。

譜代大名小浜藩酒井家の初代藩主酒井忠勝は大老を務めた人物だ。越後長岡藩の牧野家とも親しい付き合いがあるのだ。そんなわけで武蔵坊弁慶を演じた空也が何者か野尻は承知していたようだ。ただし、この場ではさような事情を空也は夢想もしていなかった。

お内儀が火にあたってほっとした表情をしているのを見て、

「野尻様がたは、夕餉を食されましたか」

と空也は聞いた。

「いえ、夕餉の機会を失しましてな。ですが、鞍馬街道ではかようなことは当たり前の仕儀にござる」

「われら、残った木の芽煮の雑炊を食したばかり、いくらか握りめしが残っています」

と応じる空也に最前からのふたりの話を聞いていた七之助が、

「空也はん、あんたは何者や」

と質した。

「七之助どの、野尻様との話でおいおいそれがしが何者か分かりましょう。ただ今は野尻様方に最前調理した木の芽煮の雑炊を作ってもらえませぬか」

と願った。

寛政十一年初冬。

鯖街道古屋の郷の山寺でのことだった。

第四章　鯖街道の連れ

一

　空也と七之助の鯖街道のふたりだけの道中は、若狭小浜藩の家臣野尻玄左衛門と内儀の五月(さつき)のふたりが加わったことで四人旅になった。

昨夜、野尻から夜旅を為す曰くを聞いたために空也は自分が何者か語る余裕はなかった。

なにより明日には鯖街道のいちばんの難所の針畑越が待ち受けていた。

野尻夫婦は木の芽煮風味の雑炊を食したあと、早々に休むことにした。そんなわけで七之助は鞍馬山で武者修行していた空也が京でなぜ武蔵坊弁慶を演ずる芝居に加担していたか、その曰くを知らなかった。

七之助は六つ（午前六時）前の刻限、無住の寺を出て数丁も歩かぬうちに、

「空也はん、あんた、ほんまに祇園感神院の西門(さいもん)で祇園の舞妓相手に芝居をしたんか、武蔵坊弁慶を演じたんか」

と問い質してきた。

「昨夜、野尻様がお話しなされたとおりに、それがし、三日間にわたり見物人の前で武蔵坊弁慶を演じましたのはたしかでござる。むろん芝居の経験はござらぬ。それがしの背丈に注目した祇園社の氏子総頭の五郎兵衛老と倅の三郎次どの父子の強い勧めで、武蔵坊弁慶を演じることになったのです」

ふーん、と返事をした七之助は、どうしてもそのことが信じられない様子だった。

「真(まこと)の話じゃぞ」

空也と七之助の背後から歩く野尻が言い添えた。

「七之助どの、祇園社の西ノ御門にて氏子総頭の親子に口説(くど)かれた折り、それがし、京の都の賑わいに仰天しておってな、断わる機会を失ったというのが真実かもしれん」

と空也が答えた。

「そんな曰くで芝居の役者がやれるんか」

「七之助、曰くは別にして坂崎空也どのが見事な武蔵坊弁慶を演じたのはたしかであるぞ。それがしがこの眼で見たでな」

「お侍はん、その言葉、昨夜から何遍も聞いたがな。四条通の遠くからやろうが、武蔵坊弁慶の形をしている役者がどうして空也はんと分かるよ」

「空也どのほどの背丈の若者は京広しといえどもそうはいまい。なによりそれがしの旧知の所司代用人の室尾寺どのが武蔵坊を演じられたのは坂崎空也どのと、それがしにはっきりと申されたのだ、間違いないわ」

「この空也はんが武蔵坊弁慶な、体の大きさだけは合っているがな」

「七之助どの、それがしの相手の牛若丸は祇園の舞妓の桜子どのであった。芸達者な桜子どのが素人のそれがしを引き立ててくれたのだ。ゆえになんとか武蔵坊弁慶を演じられたというわけだ」

「なんや、相手役は祇園の舞妓はんやて、話が違うがな」

「話が違うとはどういうことかな」

「武者修行の銭のない身では、舞妓はんに会えるわけもないやろ」

「その通り。芸達者の桜子どのは、すでに牛若丸役に決まっていたのだ。われらふたりが知り合うて『牛若丸と武蔵坊弁慶』の芝居をなすことになったのではないのだ」

「空也はん、待ちいな。あんた、三日間も日夜ともにして舞妓と芝居をやったんやな。あれこれ話し合うて仲良うなったんと違うか」

七之助が勝手な解釈で日夜ともにしたと言い放ち、詰問すると後ろから野尻が、

「おお、そうじゃ。芝居が終わった翌日だか、空也どのは一力茶屋に招かれ、牛若丸役の桜子や朋輩の芸妓や舞妓とかっぽれなる踊りまで披露されたそうな」

と言い出した。

「なんやて、話が拡がって段々と派手になるやないか」

七之助が叫んだ。

「京都所司代にして越後長岡藩の牧野の殿様に桜子どのがたといっしょに招かれたのじゃぞ。断れると思うてか」

と空也も七之助に応じ、後ろを振り向いて、

「野尻様、一力茶屋の話も室尾寺どのに聞かされましたか。他人様が面白おかしく申される言葉です、大仰でございますぞ。一力茶屋の場では桜子どのらの動きを真似ただけでございますぞ」

と言い訳した。

むろん歩きながらの話だ。桜子たちのかっぽれに直心影流の奥義で応じたなどと言えるわけもない。

「空也はん、わしが鞍馬山で知った武者修行の坂崎空也とだいぶ違うがな。あんた、ほんとうに四年の間、しっかりと武者修行してきたんかいな。あちらこちら旅して、遊里なんぞに出入りしていたと違うか」

「七之助どの、それがしの持ち金をお見せしましょうか。めし屋に入るのさえ、迷うほどの持ち金で遊里に上がって遊べるわけもありませんぞ」

空也の綻(ほころ)びた道中着を見た七之助が、

「そうだよな、おかしいよな」

と訝しそうに見た。

「さようなことより野尻様が昨夜申されたことが気にならぬか、鞍馬寺の僧兵のそなたに関わってくる危難かもしれませんぞ、七之助どの」

空也は話柄を強引に変えた。

「おう、空也はんを薩摩藩の京都藩邸の面々がおっかけてくる話やな」

昨夜中途半端に終わった話に七之助が関心を移した。

野尻はなんと鞍馬寺の門前町で荒々しい薩摩言葉を話す武芸者から、

「おんし、こん地の者ではごわんな」

といきなり質されたという。

「おお、昨夜は話が半端に終わりましたな。なにより空也どのがそれがしの話を聞いても驚く風もなし、いつものことかとあのままになりましたな」

と野尻がふたりの問答に加わった。

「野尻はん、薩摩の衆は何人でございましたな」

と七之助が糺した。

「薩摩人ではあるが、島津家の家臣とは思えぬ風体の武芸者が三、四人、それと薩摩藩京屋敷の家臣がひとりの四、五人と見ましたな。それがしに坂崎空也なる武者修行者を知らぬかと権柄尽く(けんぺいず)に尋ねたでな、それがし、『何者だな』と問い返すと、『要らぬ問いを為すな』と横柄にも薩摩言葉で怒鳴(どな)り返されたでな、それがし、譜代大名小浜藩酒井家の家臣であることを告げ、昨夜は女房連れゆえ鞍馬寺門前町に泊まる予定でしたがな、さっさと鞍馬から鯖街道の花背に向かって参りました」

「そのせいであんな刻限、われらと同宿する羽目になったのか」

と七之助が野尻に念押しした。

「いかにもさよう。あやつらが小浜城下に訪れるようならば、それなりの仕返しをと考えております」

野尻はよほど不快な目に遭(あ)ったか、そう言った。

「野尻様と会ったあと、薩摩の野郎らはどないしたんやろか」

七之助が尋ねた。

「鞍馬寺門前町でだれかれに空也どのの行方を尋ね廻っておろうな。早晩、空也どのと七之助のそなたらふたりが鞍馬街道を小浜に向かったことを摑むのではあるまいか」

「となると、わしらを追いかけてくるか」

「間違いなく」

と野尻が七之助の問いに応じた。

しばし沈思して脚を進めていた七之助が、

「空也はん、あんた、一体全体どないして薩摩藩に恨みを持たれましたんや。野尻はん、承知どすか」

とふたりに質した。

「いや、さようなことまで、それがしも存ぜぬ」

と野尻が答え、しばらく無言で歩いていた空也が、

「長い話になりますぞ。四年前の薩摩入国以来の因縁でしてな」

「空也どの、針畑峠を越えて小浜城下まではなかなかの道中でござる。われら、退屈せずに城下へ戻れます」

との野尻の言葉に空也が話す決心をした。

「薩摩入国の折りのことです。国境に棲み暮らし、他国者の入国を阻止する役目の外城衆徒(とじょうしゅうと)なる薩摩の下士らと死闘を演じたのが事の起こりです。それでも、それがし、なんとか半死半生ながら薩摩入りを果たしたのです」

「どないなっとるんや、薩摩という国は」

七之助が驚きの声を上げた。

「この一件、それがしと薩摩の因縁の始まりに過ぎません」

「そうか、鞍馬寺門前町に現れて野尻はんに失礼な問いをした薩摩の輩(やから)もその折り以来の因縁かな」

「と思えます」

空也は、薩摩藩の外城のひとつの城主、渋谷重兼と孫娘に命を助けられたこと

から、その後、渋谷重兼一行に従って鹿児島城下を訪れたことを告げた。

「渋谷重兼様の助勢もあって、それがしは薩摩藩具足開き(ぐそくびら)きの見物を許されました」

と前置きした空也は、剣術家薬丸新蔵に関わって生じた薩摩藩の御家流剣術東郷示現流との新たな葛藤を、薩摩を知らぬふたりに細かに説明した。

「空也どの、それがし、薬丸新蔵なる薩摩藩の剣術家の名を京にて聞いたことがござる、なかなかの剣客とか。空也どのの剣術仲間でござったか」

小浜藩京屋敷の調役野尻玄左衛門は、職掌がら情報通だった。

「薬丸新蔵どのはなかなかの剣客です」

と空也が肯定すると七之助が、

「おかしやないか。薬丸新蔵はんに願われて空也はんは相手しただけやろが。ならば東郷示現流の面々は薬丸はんを狙わんのか」

と当然の疑問を呈した。

「むろん薬丸新蔵どのも東郷示現流の高弟酒匂兵衛入道一門に狙われております。それがしもまた殿様や家臣がたの前で東郷示現流一門に恥をかかせたひとりとして狙われてきました」

「七之助の考えのようにいささか奇妙な話に聞こえるがな」

と野尻が言った。

「野尻様、薩摩は異国と申してよい国柄です。それがし、薩摩藩菱刈郡の私領渋谷様の麓館に匿われておりましたが、酒匂一派は渋谷様がたにも手出しをしてくるようになり、それがし、薩摩を離れて肥後人吉へ国境を越えようと試みました」

「おう、他国に逃げたんなら、空也はんに酒匂兵衛入道たら一門も、もはや手出しができんがな」

七之助が言い、空也が首を横に振ると、

「肥薩国境の久七峠に東郷示現流の高弟にして酒匂一派の首領の兵衛入道どののひとりが待ち受けて、それがしに真剣勝負を望まれました」

「なんてこった。よう逃げられたな、空也はん」

「いえ、もはや逃げることも叶いませんでした」

「けど、空也はん、生きてるがな」

七之助に頷くと野尻玄左衛門が、

「酒匂兵衛入道どのと尋常勝負を為されたか」

と尋ね、空也が頷いた。

「どういうこっちゃ、空也はんはわしらの眼の前におるで。まさか、首領の兵衛入道を斃したか」

「肥後に入る手立ては他にありませんでした」

「頭分を斃したとなると薩摩の東郷なんとか流ももはや空也はんに手出しはせいへんやろ」

「いえ、それは終わりではなく始まりでした。兵衛入道様の子息の兄弟が次々にそれがしと薬丸新蔵どのの前に」

「何年も執拗に追いかけ回しているんか」

と七之助が問うた。

「鞍馬寺門前に現れた薩摩人ですが、酒匂兵衛入道どののような東郷示現流の門弟剣術家とは異なる者たちに思えます」

と空也が推量した。

一行は鯖街道を難所の針畑峠に向かって黙々と歩を進めていた。

「空也どの、それがし、他藩のことを口にするのは慎んできました。されどかような話になりましたゆえ、空也どのを追って現れた薩摩人のことを話したくなりました。念のため申し添えておきますが、それがしがいささか承知なのは京の各藩の動きにございます」

野尻玄左衛門は調役と名乗っていた。京に藩邸を置く大名家の動きの監察が主な役目と考えられた。

「空也どのは薩摩で過ごされたゆえ薩摩藩の政(まつりごと)はおよそ承知でしょう。繰り返しますがそれがしがこれから触れるのは、薩摩藩京都藩邸のことです。よろしいですね」

と念押しした野尻が、

「天明(てんめい)七年(一七八七)、十数年も前に隠居した前藩主島津重豪(しげひで)様が今も薩摩藩京都藩邸の実権を握っています。当代齊宣様の背後から院政を敷いておられる。薩摩鹿児島城下でも隠居したはずの重豪様の力が強いとか。ともあれ薩摩藩京都藩邸は重豪様一派が実権をしっかりと握っておるのです。つまり鞍馬寺門前に現れた薩摩人の面々は、重豪様一派の者と見てようございましょうか」

「隠居が当代の殿様の代わりにしゃしゃり出てやがるか。空也はんが薩摩は異国というたが、和国の政のやり方とは違うのか」

と僧兵姿の羅城坊こと七之助が疑問を呈した。

「七之助、なぜ重豪様の力が大きいか、ひとつだけいうておこう。重豪様の三女の茂姫様が当代の将軍家斉様の御台所、正室なのだ」

「なに、公方はんの奥方が薩摩の隠居の娘というのか。あかんわ、そりゃだれが殿様か、ようわからんやないか。空也はんがいう薩摩は異国というのんも、その辺りのことか」

「七之助どの、さようにお考えになってもよかろうと思います」

ふたたび無言で針畑峠を目指す一行四人だったが、野尻が不意に口を開いた。

「それがしが鞍馬寺門前で薩摩人に会って訝しく思ったことがござる」

「なんだよ、野尻の旦那」

空也に野尻が話しかけたにも拘わらず鞍馬寺門前の炭屋の倅の言葉遣いで七之助が問い返した。

「京には三百諸侯の有力な大名家が藩邸を構えておりますな。そのなかでも薩摩藩京屋敷の力をどこの大名家も恐れておることがありますすじゃ」

「薩摩は西国の大藩からやろ」

と相変わらず空也の代わりに七之助が応えた。

「いや、そうではないのだ。薩摩藩京屋敷に一人の剣術家が控えておるそうや。

この者の名は建部民部と知られている。知られているのは姓名だけで顔も姿も承知なのは京藩邸にも限られた者しかおらぬそうだ。建部民部を京屋敷に送り込んできたのは、隠居の重豪様と言われておる」

「なに、公方様の舅はんか。あかんな、ますます厄介やな」

と七之助が応じて、

「野尻様、建部民部どのは剣術家と申されましたね、流儀は薩摩の御家流東郷示現流でございましょうか」

と空也が野尻に質した。

「空也どの、それがしが薩摩藩京屋敷の知り合いから洩れ聞いたところによると、薩摩の御家流とは関わりないそうな」

「強いのか、建部民部はよ」

とこんどは七之助だ。

「この建部が薩摩藩京屋敷に関わりを持った三年前、藩邸の御番衆と称して京屋敷を意のままにしていた十文字兼保なる者を頭分とする七人組がいたそうな。この者、東郷示現流の高弟と聞いておるが、この者たち七人組が一夜にして行方を絶ってしまったとか」

「どういうこっちゃ」

「藩邸内に流れる噂(うわさ)では、建部民部ひとりが始末したそうな。以来、十文字一派に代わって顔も姿も知られぬ建部民部が薩摩藩京屋敷を目に見えぬ恐怖で支配していると聞かされた」

「鞍馬寺門前でよ、野尻の旦那が会った薩摩人は、この建部とは関わりあるのかないのか」

と七之助が糺した。

「それがしが京で聞いた建部民部なる剣術家は、配下の者を持たぬ一匹狼じゃそうな。あのような面々が噂に聞く建部民部と関わりがあるとは、到底思えんのだがな」

野尻の言葉にまた一行は沈黙に落ちた。

「それがし、最前から胸のなかであれこれと問答してきたのは、坂崎空也どのの面前に立ち、尋常勝負か、闇(やみ)勝負か分からぬが、ともかく一対一の勝負を仕掛けられるのは建部民部ひとりではないかということでござる。どう思われるな、空也どの」

空也は初めて知った建部民部の名に風貌を浮かべようにもなにひとつ思い浮か

ばなかった。ゆえに無言を通した。

針畑川沿いに北上を続ける一行は中牧を抜けると近江と若狭の国境に差し掛かった。

生杉口から小入谷を経たところで七之助が、

「野尻の旦那、針畑越にそろそろ差し掛かるぜ」

と前方の山道を差した。

江戸期、若狭から京へと抜ける最も短い道筋として鯖街道は利用されたが、この峠下には「荷持ち」を生業にする住人がいるほどの険阻な峠であった。

「おりゃ、建部民部が空也はんの前に現れるとしたら、針畑峠しかないと思うな」

と僧兵姿の七之助が言った。

「さような峠か」

と空也が問うた。

「おお、夜旅は無理やで、日中でも独りはいかんな、峠の頂で山賊が待ち受けているという話があるわ。わしは鞍馬から小浜に幾たびも往来したが、独りではよういかんかったわ。本日はな、侍はんがふたりもいるがな、心強いで」

「七之助、そなたも僧兵ではないか」

「野尻の旦那、わしを一人前の僧兵に入れんでほしいわ。野尻の旦那は剣術の腕はどうや」

「そなた同様、いかんな」

と野尻が答えたが、夫婦ふたりで針畑峠を越えようとする小浜藩京屋敷調役は、それなりの腕前だと空也は察していた。

「となると頼りになるのんは空也はんひとりか」

「さようさよう」

と野尻が答えたところへ荷持ちの男たちがぞろぞろ姿を見せて、

「なんや炭屋の七之助やないか。こりゃ、銭にならんで」

と言った。

二

鯖街道の針畑越は、若狭の小浜から京へ出る最短の山道であった。若狭の浜で獲(と)れた鯖を少しでも新鮮なうちに大消費地の京に届けるためこの山道が使われた。

山道には橅やトチノキなど夏には緑になる広葉樹林が繁り、一見穏やかな山道に見えた。だが、高地を抜ける道ゆえ険しかった。

戦国時代、越前朝倉攻略の帰路、徳川家康がこの針畑越で京へ戻ったゆえ、針畑越が世間に知られるようになったという。

針畑越では野尻玄左衛門の女房五月が足首を捻ってしばし治療のため休息した。

玄左衛門はかようなときのために京の薬屋で求めた練り薬を携えていた。

五月の足首を見たとき、かなり重い様子と空也は思った。自らの足で峠を越えて上根来まで着くことはできまいと危惧した。

空也と七之助らふたりとともに旅をするようになって以来、五月はほとんど男三人の問答に加わることはなかった。話すとしても亭主の玄左衛門に短い返事を発するくらいで無口だった。そんな五月が、

「旦那様、竹杖を携えておりますれば歩けます」

と気丈に言い張った。だが、空也も僧兵の七之助も玄左衛門も五月が自らの足で上根来まで辿りつくのは無理と期せずして考えた。

「野尻様、最前荷持ちがいた地にそれがしか七之助どのが走り戻り、荷持ちを何人か連れてきませんか。かれらならばかような扱いに慣れておりましょう。次な

る郷までお内儀を運んでもらうのはどうでしょう」

と空也が提案した。

「おお、荷持ちならば旅人の女衆を運んだことがあるやろ。けど峠下まで戻って荷持ちを連れてくるにはだいぶ時がかかるで」

と七之助が言い出した。

「ならば、五月どのをわれら男どもが交代で負ぶって峠を下れるか」

「空也はん、それは無理やで。針畑峠でな、女衆とはいえ背に負ぶって下りるのは無理やがな」

と七之助が言い切った。

「そうか、無理か」

また薩摩藩京屋敷に潜んでいる剣術家建部民部の存在と動きを考えたとき、即座に対応できるようにしていたほうがよいと空也は思った。

「いえ、ご一統様、私ならなんとか歩けます」

五月が立ち上がろうとしたが玄左衛門が腕をとってもよろめいた。だれの目にも助けがいると思えた。

「空也どの、七之助、そなたらふたりして上根来へと下り、郷人をこの峠に送ってくれぬか、そのほうが荷持ちのいる峠下より近かろう」

野尻は、夫婦ふたりだけで峠に残ることを思案していた。

「野尻の旦那、この針畑峠にふたりして残るのは危ないで。ここはな、空也はんがいうように荷持ちの連中の力を借りないか。旅人は年寄りや病人もおるわ、荷持ちのほうが人を運ぶのも慣れているって」

七之助も空也の考えに賛意を示した。

野尻が空也を見た。旅に慣れた武者修行者の判断を求めていると思った空也は、

「七之助どの、そなたはこの峠にも慣れているでな、すまぬが荷持ちの連中を呼んできてくれぬか。それがし、なにがあっても対応できるように野尻どのといっしょにこの場に残ろう」

と言った。

「おう、それがええ判断やで」

七之助は野尻を見た。七之助は荷持ちに払う銭の持ち合わせがなかったから、そのことを案じていた。表情で察した野尻が、

「七之助、荷持ち連中を呼んでくれ。費(つい)えは案ずるな」

と答えた。

「よし、一刻（二時間）はかかるまい。わしの竹籠には備えの糒（ほしいい）や水が入っているでな、腹が減ったら遠慮のう食え」

と言い残した七之助が杖代わりの竹棒だけを手に山道を駆け下っていった。

「武者修行の空也どの、迷惑をかけるな」

「野尻様、われら男三人、つい話に夢中でお内儀の足に注意を払っておりませんでした。針畑越ということを失念していたわれらの失態です」

と空也が野尻の言葉に応じた。

「坂崎様、申し訳ございません」

と初めて五月が空也に声をかけて詫びた。

「お内儀どの、旅ではしばしばかようなことが起こります。案じなさることはありませんぞ」

と空也が五月に返答し、気になることを糺した。

「野尻様がたの小浜城下への旅は、急ぎの用事でございますか」

「こたびの小浜戻りは、京での禁裏や所司代の動きを藩の上層部に報告することです。火急の事態ではございませんな。また御用の旅に五月を伴ったのは、わが実父の三回忌の法事にも出たいと、藩に許しを得て同道したのです」

と野尻が応じた。

五月は針畑峠の頂に近い橅林の斜面の岩に腰かけ、野尻が内儀の様子を窺いながら空也と話をしていた。

「それがし、あの頂に上がり、上根来の下り道を眺めてきます」

と空也は夫婦の傍らを離れた。夫婦ふたりの問答もあろうかと斟酌したのだ。

頂に上がると周りは重なり合った山並みが拡がっていた。

刻限は四つ(午前十時)の頃合いか。

「うーむ」

と思った。

上根来の郷は山並みで見えなかったが、馬の嘶きがして小浜から旅人が到着したかに見えた。上根来に荷持ちの助けで五月が下ることができれば、その先は馬かあるいは駕籠が借りられるのではないか、となれば小浜城下まで難儀なく連れていけると空也は思った。

頂から野尻夫妻のいる岩場に戻ると、その旨を告げて聞いた。

「この針畑越の先は馬が使えますか」

「いえ、この峠道は人が擦れ違うのさえ、至難な場所が続きます。馬越えは無理です」

と応じた野尻が考え込んだ。

「なんぞ他に懸念がございますか」

「馬と聞いて鞍馬寺門前町の薩摩藩京屋敷の面々のことを思い出しましたのじゃ。われら夫婦、薩摩の連中たちから離れることばかり気にかけて、門前町の裏道に何頭もの馬が繋がれていたことを忘れていました。あの馬はだれが乗ってきたものでしょう」

「うむ、薩摩藩の京屋敷の連中が乗ってきた馬と申されますか」

「鞍馬寺門前に京から馬で遠乗りする武家方もおります。もしかして京屋敷の面々が空也どのを追って馬で鞍馬寺門前町まできたと仮定しましょう。門前でだれぞに聞いて空也どのが小浜に向かったことを察したやつらは、馬で追いかけてきませんかな」

「野尻様、鯖街道のこの針畑越は馬も無理と最前申されませんでしたか。われらが無住の山寺に泊まったのに気付かず夜中に峠を越えて上根来で待ち受けているのでしょうか」

「空也どの、そうではござらぬ。鞍馬から小浜城下に向かう街道は広河原(ひろがわら)を過ぎた辺りで、この鞍馬街道つまりは鯖街道と若狭街道のふた手に分かれます。東の若狭街道をかの者たちが昨日のうちに馬で突っ走れば、空也どのや七之助と出会うことはない。となれば、かの者たちは未だ空也どのらが鯖街道の途中におると気付く。小浜城下に入る前に鯖街道と若狭街道はふたたび合流しますでな、空也どのと七之助が鯖街道におると知った一行が鯖街道の遠敷(おにゅう)に向かって馬を乗りいれたとしたら、空也どのが気付かれた上根来の馬の嘶きは薩摩屋敷のかの者たちの馬が発する嘶きではありませんか」

「おお、それがし、若狭街道が鯖街道の東に通っていることをすっかり忘れていました。あの馬の気配はそれがしを追う者たちのものでしょうか」

「なんとも申せませんが、空也どのから聞いた話、四年前の薩摩入国以来、空也どのの行動を執拗に追捕(ついぶ)する薩摩と関わりがある面々の行動ではありませんかな」

小浜藩の京屋敷調役の野尻の言葉を吟味した空也は、

「野尻様、それがし、九国(くこく)から離れて武者修行を終わりにしようと思案したこともあり、薩摩の御家流儀一派の追捕をこのところ忘れておりました。武者修行者としたことがなんとも不覚でした」

「とは申せ、それがしの推量が間違っておるやもしれません。その場合は、空也どのに無用な心配をおかけしたことになる」

「いえ、無用な警戒を夜も昼間も当人に強いるのが武者修行です。京の都に入り、ついそのことを失念しておりました。それがしが聞いたと思える馬の嘶きが農耕のための馬の嘶きであっても、そのことを思案せぬ武者修行者は、遠くない時期に終焉の刻を迎えることはたしかです」

空也の言葉に五月が、

「私の末弟は空也どのと齢は変わりません。ですが、若三郎が空也どのと同じ年齢とはとても考えられません」

と言った。こうして話をしているほうが足首の痛みを忘れるようだった。そこで空也が問うた。

「若三郎どのは、小浜におられますか」

「はい、部屋住みの身で、ひたすら婿入りの話にしか関心がありません」

と苦笑いした。

「若三郎どのは他家に婿入りしてもよいという気持ちを持たれているのですね」

「はい、普請奉行職の長兄のもとで生涯過ごすのは嫌だというております」

「正直ですね。江戸の尚武館道場にも婿入りを狙っておられる門弟衆が結構おられます。このご時世、仕官の口などありませんから、武家方でも当然お考えになる婿入りの話かと思います」

と答えた空也に野尻が、

「空也どのは十六の歳から薩摩藩の藩士らに追いかけ回される武者修行をしてこられましたな。江戸に恙なく戻られて道場を無事に継がれたら、どなたかと祝言を挙げられますかな」

「野尻様、それがし、父の直心影流尚武館坂崎道場を継ぐか継がぬか、父ともまた妹と祝言した門弟の中川英次郎どのとも話をしたことはありません。それがしのただ今専念すべきは、武者修行をいったん終わらせることのみでございます」

「なに、公儀の官営道場といわれる尚武館の跡継ぎはすでに空也どのと決まっているのではありませんか」

「野尻様、武者修行は明日に死すやも知れぬ暮らしです。父がそれがしを跡継ぎと決めて武者修行に出るのを許すなどありえません」

「そうか、そうであろうな」

と返事をした野尻が何ごとか考え込んだ。すると五月が、

「空也様、お聞きしたいことがございます」

「なんでしょう」

「最前、わが亭主の問いにお答えにならなかった一事です。空也様には許婚(いいなずけ)のような祝言を挙げると決めたお相手がおられますか」

と五月が糺した。

野尻が驚きの顔で五月を見返した。

「空也様は何事にも真剣にお考えになってお答えになるお方です。おまえ様、空也様にお好きなお方がおられると思し召しですか、それとも武者修行者にそのようなお方はおらぬとお考えですか」

「五月、空也どのは尚武館の跡継ぎとさえ決まっておられんのだぞ。十六歳で武者修行に出た空也どのに許婚のようなお方があろうはずがないわ」

「さあてどうでしょう」

五月が空也を見た。

「五月様、それがし、許婚はおりませんでした」

「ただ今はどうでしょう」

「はい、気にかかる娘御がおります」

「おおー」

と野尻が驚きの声を上げた。

「ほれ、ご覧なされ。坂崎空也様はただの武者修行者ではございませんよ、亭主どの」

なんとのう、と洩らした野尻が改めて空也を見た。

「野尻様、五月様、それがし、薩摩に入国した折り、半死半生で薩摩領菱刈郡の麓と呼ばれる外城のひとつ、麓館を流れる川内川の葭原で浮かんでいたと申しませんでしたか」

「はい、伺いましたよ。空也様を助けられたのは薩摩の重臣で私領の持ち主のお方でしたね」

「五月様はよく覚えておいでですね。いかにも渋谷重兼様と孫娘の眉月様がそれがしを医師のもとへ運び、二月にわたって看護をしてくださいました。そのお蔭でこうして生きております」

「眉月様はおいくつですか」

「後に知ったことですが、十五歳でございました。あれから四年、眉月様は江戸の薩摩藩邸に戻られてそれがしの父母や妹や、妹の婿の中川英次郎どのらと親しい交わりをなしているそうな」

五月が亭主を、ほら、ご覧なさいといった顔で見た。

「空也どのは薩摩のお姫様を嫁様になさいますかな」

「それがしの命の恩人でございます。ですが、それ以上に眉月様には縁を感じるのです。かような気持ちを何年も持ち続けているお方は、眉月様だけです」

「驚いた」

と野尻が言った。

「それがし、女性（にょしょう）になにも感じない堅物（かたぶつ）と思われましたか」

「いや、その前に武者修行の厳しさばかりを聞かされていたで、まさかと思うたのだ」

「空也様、野尻玄左衛門がいかに堅物であったかお分かりですね。眉月様を始め、母御、妹御と沢山の女衆が支えておられるゆえ、坂崎空也様の武者修行はこれまで大過なく過ごしてこられたのですよ、亭主どの」

との五月の言葉に、

「いやはや、野尻玄左衛門は堅物か」

と同じ言葉を繰り返したとき、最前空也が上っていた針畑峠の頂に数人の人影が立った。

「おお、薩摩の者どもだ。空也さん、どうなされますな」

「やはり、野尻様のお考え、若狭街道を馬で走り、鯖街道をこちらに向かって戻ってきたという読みが当たりました」

と空也が言いながら、

「野尻様、それがしの刀、しばし預かっていただけませぬか」

「なに、刀なしであの者たちと立ち合われるか」

「それがし、手慣れた木刀(ぼっと)がございます。薩摩の木刀がいかに凄いか、あの者たちは知らぬと見ました」

と言った空也は修理亮盛光と脇差を預け、身軽になって頂へと上っていった。

「摑まえたぞ」

薩摩藩京屋敷の平士(へいし)身分か、他の四人は薩摩藩京屋敷の出入りの武芸者か、ようは金子で雇われた用心棒侍と空也は見た。空也は京に置かれた大名屋敷が闇仕事をさせるために武芸者と繫がりを持っていることをすでに推量していた。

「坂崎空也じゃな、それがし」

と名乗ろうとする相手を制した空也が、

「そなたの名を聞いたところで覚えきれませぬ。なんぞ御用かな、用事が済めば名など無用にござろう」

「おのれ、猪口才な、坂崎空也、命を貰った」

と薩摩藩京屋敷の用人か、宣告した。四人の用心棒侍のひとりが手槍を構え、残りの三人が剣を抜き放った。

「お聞きした」

針畑峠の頂にいるのが薩摩一統で、空也は数間離れて斜面の下に立っていたが、

「お手前がた、薩摩剣法をご存じか」

と質した。

京の薩摩屋敷に出入りを許されているとしても薩摩剣法とは関わりがない流儀の持ち主と察していた。手槍の武芸者が、

「武術は流儀ではないわ。いかに修羅場を潜ってきたか、それのみが生きながらえるコツじゃ」

と言い放った。

空也が木刀を右蜻蛉に構えた。

「その理屈が正しいかどうか見て進ぜよう。参られよ」

との空也の言葉に手槍の主が頂から突っ込んできて、三人の朋輩も真剣を構えて左右から襲いかかる気配を見せた。

一対四の勝負がいきなり始まった。

野尻玄左衛門は驚いた。己が為すべきことがあるかと思案したからだ。が、その瞬間、空也の腰が針畑峠の斜面で沈み、直後、高々と虚空に長身が浮かんでいた。

四人が空也の一瞬の動きに惑わされて連携を失った。

その真ん中に空也の木刀が落ちてきて手槍を叩き折ると同時に肩口の骨を砕き、四人の背後に飛び降りた空也が向きを変えようとする三人へ木刀を手加減しながらも迅速に揮った。

寸毫の間に戦いは終わった。

それを見た薩摩藩士が、

「なんがあ」

と驚きの声を洩らした。

空也が薩摩藩京屋敷の平士を見て、

「命に別状はござらぬ。よいな、この四人を薩摩藩京屋敷に連れ戻り、治療をなされよ。それがし、しかと最後まで見届けるでな」
と警告を含めて言い放ったとき、
「おい、空也はん、わしが戻ってくるまで喧嘩は待てなかったのか」
と僧兵姿の七之助の声がして、手造りの担架を抱えた荷持ちらが茫然と峠の頂に倒れる用心棒侍らを見ていた。

三

針畑峠で五月が荷持ち連中の担架に寝かせられて静々と上根来に下っていった。荷持ちの面々はさすがに手慣れていた。年寄りも病人も怪我人も鯖街道を通る要望があるらしく、二本の竹棹の間に細竹で組んだ床を造り、布団まで敷いてあった。足を挫いたのが女衆と聞いて三人組の荷持ちだった。

容易く峠を越えて一行はすでに若狭国小浜領に入っていた。

小浜藩は、小浜を中心に大飯、三方、敦賀、近江の高島郡の一部を領有した譜代中藩だ。というわけで自国領に戻った野尻夫婦の顔に安堵した様子が見えた。

その時、七之助が土地の住人に聞いたか、

「旦那、あやつらの馬がこの先の遠敷の若狭彦神社に繋がれているらしいぞ」

と野尻に告げた。

やはり針畑峠から空也が感じた馬の嘶きは遠敷からの気配であったか。野尻が荷持ちたちにとりあえず遠敷の若狭彦神社まで運ぶように命じた。そして、

「空也どの、七之助、お蔭様で助かった」

と野尻がふたりの同行者に礼を言った。

「お内儀が郷に下りてこられてひと安心ですね」

空也の言葉に頷いた野尻が、

「いや、一時は針畑峠で夜を過ごすことになるかと案じました」

と胸に秘めていた危惧を告げると、

「空也どのは奈良東大寺の二月堂のお水取り行事を承知ですかな」

と話題を転じた。

「聞いたことがあります」

と答えた空也だがそれ以上の知識はなかった。

「この先の鵜の瀬はお水取りの水を送る郷でしてな、これから参る遠敷は古代、若狭の国府があった地ですよ」

と野尻が鯖街道の向かう先の説明をしてくれた。

「おお、遠敷は昔から若狭国の中心でよ、近郷近在から物が集まってよ、小浜城下からも買い物にくる定期市が催される土地だよな」

七之助が問答に加わった。

「さすがに鞍馬生まれ、鞍馬街道は詳しいのう」

「爺様に伴ない、幾たびも炭買いに針畑峠を越えたことを思い出したぞ。わしが小さい頃は針畑峠を炭運びの女衆が炭俵二俵を平気で担いで往来していたもんよ。小浜城下の覚えはないが、遠敷の市も覚えておるわ。だがよ、このところ鯖街道とはとんと縁がなくなったな、爺様がおっ死(ち)んだからよ」

と七之助が語り、

「空也はん、それにしても薩摩の京屋敷の手勢は大したことはなかったな」

と不意に針畑峠の闘争を思い出したか話柄を変えた。

「七之助どの、あの者たちを薩摩の手勢と思うてはなりませぬ、峠の四人は薩摩藩京屋敷に金子で雇われた武術家です。野尻どのが申された建部民部どの一人(いちにん)が薩摩の京屋敷、つまりは島津重豪様が送ってくる真の刺客です」

と空也が武人の直感で言い切った。

「なにっ、この先も薩摩の刺客が空也はんを待ち受けているのか」

「野尻様の話を伺って、それがし、そう確信しました」

ふたりの問答を聞いた野尻が、

「いやはや、空也どのの武者修行の厳しさの一端を針畑峠で思い知らされましたぞ。空也どのにとって物足りない相手四人だったにしても一瞬で勝負がついたには、なんとも言葉になりませんでした」

と驚きの言葉を洩らした。

荷持ち連は黙々と五月を運んでいたが、

「お侍、わっしら、どこまで行くだか、遠敷までかね」

と三人のひとりが野尻に訊いた。

「無理をすれば、今日じゅうに城下に戻りつくこともできるが遠敷の若狭彦神社はそれがしの知り合いでな。そなたらの手を借りるのは遠敷の一の宮神社まで願おう」

「なんや野尻の旦那は、峠の連中が馬を預けた若狭彦神社と知り合いか」

七之助が口出しした。

「わが家は代々小浜藩京屋敷の調役じゃぞ。京の都と小浜城下は、かように年に何回も往来するでな。若狭国の鎮守一の宮の若狭彦神社とは昵懇な付き合いがあるのだ」

と七之助に答えた野尻が、

「空也どの、鯖街道のこの界隈は古からの郷でしてな、これから参る若狭彦神社の祭神は、彦火火出見尊と申して、兄の海幸彦の釣針を海神の宮殿に探しに行き、海神の娘の豊玉姫と結ばれた山幸彦の言い伝えの地なのです」

と説明する野尻の顔からも五月の捻挫の不安が消えていた。遠敷には捻挫など外傷を治療する医師でもいるのか、と空也は思った。

「野尻様の説明を聞いて、街道の辺りを見回してみると古の御世に戻ったような気がしました」

「そや、野尻の旦那、遠敷は『海のある奈良』と呼ばれないか、海ってのは小浜の浜だよな」

と七之助も問答に加わった。

担架の上で眼を瞑っている五月も男たちの話を聞いているように思えた。

空也は、そのとき、卒然と殺気を感じた。

針畑峠で感じた武芸者とは比べものにならないほどの危険な気配だった。

（間違いなくこの殺気を発する主は建部民部ではないか）

と思えた。

だが、殺気は一瞬にして消えていた。

空也はこのことを口にしなかった。

殺気は空也ひとりに向けられたものだからだ。

「野尻様、小浜藩酒井家の御家流派は何流ですか」

「剣術ですね」

「はい」

「安永三年（一七七四）に小浜城下一番町に順造館なる藩校が開かれました。その折り、夏目長左衛門、渡部億右衛門、野石伝之進の三先生が剣術師範に就かれましたが、三先生の流派はばらばらでして、藩校では何流ということを強調されておりませぬ。強いていえば藩校の名の順造流でしょうか」

「流儀を強調されない小浜藩の剣術は珍しいですね。考えてみれば、それがしも十六歳までは父から教わった直心影流でしたが、薩摩に入って薩摩の剣法を始め、長崎では異人の剣術を含めてあれこれと影響されたと思います。となれば、もはやただ今の坂崎空也の剣術は、直心影流とは呼べないものでしょう」

「ただ今の順造館の剣術指南は、夏目壱之助武君様と申される先代の長左衛門先生の嫡男が教えておられます。壱之助先生は軍学が専門と聞いておりますが、剣術の技量はなかなかとそれがしの朋輩から聞かされております」

「それがし、小浜に滞在中、藩校の順造館で稽古が出来ましょうか」

「空也どのならば夏目先生も大歓迎されましょう。今宵は若狭彦神社にわれらといっしょに泊まりませぬか。昨夜は木の芽煮雑炊を馳走になりましたな。今夕はそれがしに馳走させてくだされ」

「おお、すごいや。おれ、爺様に聞いたことがあるぞ。一の宮神社の夕餉は小浜の魚がふんだんに使われて旨いとな。空也はん、今宵は野尻の旦那に馳走にならぬか」

七之助が先に返事をして、ふたりの遠敷の一の宮神社の宿泊が決まった。

「明日の昼前には小浜城下に戻ります。順造館にはそれがしが空也どのを連れて行き夏目先生に口利きしますでな、好きなだけ稽古をなされと申したいが、うーむ、坂崎空也どのの相手が小浜藩におるかのう」

と野尻玄左衛門が首を捻った。

「おい、野尻の旦那、若狭彦一の宮神社に着いたぞ」

と言った七之助が荷持ちのひとりに、

「おい、作蔵(さくぞう)はん、野尻の旦那にいくら請求する気か」

と余計なことまで触れた。

「炭屋の七之助、おまえ、黙っとれ。こりゃ、荷持ちとお客の侍はんとの話し合いや。わしら、この刻限から針畑越は出来んがな。上根来に泊まることになるがな、その泊まり賃、どうなる」

と作蔵と呼ばれた荷持ちがちらりと野尻を見た。

「いや、本日はそなたらに世話になったでな、これではどうだ」

と野尻が最前から用意していた金子を渡すと作蔵がにんまりして即座に受け取った。

「おい、作蔵はん、いくらもらった。わしの知り合いの旦那やぞ、高過ぎないか」

「七之助、おまえが口出しするところじゃない」

と言った作蔵が仲間に言い、若狭彦一の宮神社の宿坊に担架に乗せた五月を運んでいき、野尻も従った。

「空也はん、峠のやつらの馬はどうする」

見ると、拝殿の横手に繋がれた馬の群れに小者(こもの)ふたりが従っていた。

「よし、掛け合おうか」

と空也が小者たちのもとへ向かうと七之助もついてきた。

六尺を優に超えた空也と僧兵姿の両人を迎えて、戸惑いの気配を小者たちが見せた。

「おい、おまえら、京の薩摩屋敷の侍に雇われた者じゃな」

空也が声をかける前に七之助が口火を切った。こりゃ、七之助に任せたほうがよかろうと空也は考えた。

「おまえらの雇い主と用心棒侍は針畑峠の頂で今晩過ごすことになった。うーん、わしの傍らにいる若侍はんにやられたのよ。これから早々に馬を引いて上根来に走るんじゃな。わしらを連れてきた荷持ちが峠の経緯(いきさつ)は承知じゃ、道々話を聞け。鯖街道で日が落ちたら厄介じゃぞ」

七之助から言われた小者たちが空也を見た。

「鞍馬寺の僧兵羅城坊どのが申されるとおりだ。手加減したで馬には乗れよう。若狭街道を回って京へ戻ることになりそうじゃな」

と言い添えたとき、荷持ちの作蔵らが五月を宿坊に預けたか、さっぱりとした顔付きで姿を見せた。

「おい、作蔵さんよ、このふたりと馬を上根来に連れていってくれ。ひょっとしたら客になるかもしれんぞ」

と呼びかけて荷持ち三人と馬五頭を引いた小者ふたりが慌ただしくも上根来に向かった。

そのとき、新たな殺気を空也は感じた。

五月の捻挫を治療する老婆が若狭彦神社一の宮に呼ばれて、峠で野尻が患部に塗った薬草をとり、新たに針畑峠に生えている薬草に秘伝の調合をして造った塗り薬に替えてくれた。そして、亭主の野尻に、

「今晩はな、薬が乾いたら新しいものに代えてや。明日の朝までには腫れも痛みも引いているがな」

と告げて戻ったという。

野尻は、若狭の小浜領に戻ったことと相まってほっと安堵した。五月自身も老婆の治療が効いたようで落ち着いた声音で、

「坂崎空也様と七之助さんが同行してくれましてどれほど気強かったか。もはや

私のことは気になさらず、一の宮はんの夕餉を楽しんでくだされ」

と亭主に言った。むろんこの言葉はふたりの同行者に聞かせるものだった。

「野尻の旦那、ひと安心やな、これで明日の昼前には小浜城下に楽々着くがな」

七之助が五月の言葉に応じた。

五月が元気になって独りで食事ができるというので、隣座敷で男たち三人にそれぞれ膳が供された。なんと二の膳付きだ。

「おお、わしの爺がいうていた若狭彦神社のご馳走やぞ、空也はん」

「七之助どのの爺様はかような贅沢(ぜいたく)をなさっておりましたか」

「空也はん、わしの爺は鞍馬寺門前の小さな炭屋やったがな。こんな膳の前に坐ったことはあるめえ。人に聞いてよ、自分が食った気で孫のわしに自慢話に喋(しゃべ)っていたのや。よし、わしが食ってあの世で爺に教えてくれよう」

と言った。

空也は、野尻玄左衛門がふたりの助勢に感謝して無理をしたのではないかなどと思った。

「野尻様、七之助どのの爺様ではありませんが、それがし、初めて見る魚や山菜です。魚は若狭の海で獲れるのですね」

「おお、空也どの、若狭の海は魚の宝庫でな、京の通人が食しにくるほど、鯖を筆頭にカツオ、チヌ、メゴチと多彩な魚が獲れますぞ。うーむ、本日の膳の刺身はアオリイカと鰈の造りじゃぞ」

と若い空也に野尻が教えた。

「こちらの魚はな、小鯛の笹漬けだな。優しい酸味でな、秋口にめしの菜としては最高のものじゃ。これらの魚も松茸も信徒衆からのもらいものでな」

と自慢した。

「針畑峠の山菜づくしに松茸の焼き物やぞ。空也はんではないが、こんな馳走は初めて見たわ」

と何遍も繰り返す七之助が、

「わしらが昨夜野尻の旦那と内儀に食わせた木の芽煮の雑炊は残りものやぞ。そのお返しがこの馳走か」

と感嘆しきりだ。

そのとき、燗酒が届けられ、野尻が、

「武者修行中の空也どのは酒を嗜まぬと聞いたが、わが内儀の捻挫の快方を願って盃の酒をほんの少し舐めてくれぬか」

と空也に盃を持たせ、酒を注(つ)いだ。

「野尻の旦那、鞍馬寺の僧兵は大酒飲みばかりでな、ただがぶ飲みする外道酒(げどうざけ)やから、わしは飲まぬようにしておった。だが、今宵は禁を破って飲むとするか」

「ならば七之助、そのほうは勝手に茶碗(ちゃわん)に注いで飲め」

と許しを与えた。

「いやはや、針畑峠でひと晩過ごすかと覚悟したが、ふたりのお蔭で遠敷若狭彦神社の夕餉にありついた。空也どの、七之助、助かった」

と幾たび目かの礼の言葉を野尻が告げ、空也に注いでもらった盃を手に空也に差し出した。

「われら、かような接待を受けるほどの助勢をしたとは思いませぬ。このことを江戸の父母が知れば、空也はなんという贅沢をしておるかと仰天しましょう」

と空也も盃を挙げて、七之助の茶碗酒とともに五月の回復を祈りつつ、空也は酒に口をつけた。

「うまい、鞍馬寺の僧兵どもが飲む酒と違うぞ」

七之助が茶碗酒を一気飲みした。

「それがし、菜に箸(はし)をつけてようございますか」

と断わってアオリイカをつまんで口に入れた。こりこりとしたうま味が口のなかで広がって、思わず笑みの顔になった。

「贅沢の極みです。酒を楽しむおふたりには悪うございますが、先にひとりだけこの若狭の魚でめしを食します、お許しください」

「そうか、武者修行者はこのような晩でも酒を飲んではいかんか」

「七之助どの、さような決まりはありますまい。それがし、酒の味が分からぬ人間なのです」

「その若さで剣術の達人の坂崎空也も酒は半人前以下か、まあ、江戸に戻ったら大勢の門弟のおるという道場で酒を飲む機会が増えよう。となるとな、酒のほうから口に寄ってくるぞ」

と七之助が茶碗酒を手に言い放った。

野尻はゆったりとして酒を陶然と楽しみ、鞍馬寺の僧兵の七之助は結局がぶ飲みして、

「酒がうまい、鰈の造りがうまい」

とえらく陽気な酒になった。

酒を盃で楽しんでいた野尻が、

「それがしの勘違いであろうか。われらを見張る者がおるような気がしたのだが」

と言い出し、

「野尻の旦那、われらたってひとりは武者修行者、わしは鞍馬寺の半人前の僧兵やぞ、ふたりして銭など持っておらんぞ。そうか、小浜藩京屋敷に奉公する野尻の旦那の懐が狙いか」

と七之助が応じた。

「いや、夜盗山賊の類ではないわ。剣術家の空也どのが狙いの本筋と考える者の監視の眼と思うたが勘違いかのう」

野尻はさすがに小浜藩京屋敷の調役だ。勘所は承知していた。

「それがしも本日、幾たびかさような気配を察知しました。むろん針畑峠の者たちとは関わりありますまい」

「薩摩藩京屋敷お抱えの刺客かのう」

「それがし、武者修行の間に幾たびか真剣勝負を為しましたゆえ、恨みつらみを持つ身内や朋輩につけ狙われることもあります。されどこたびの殺気は、刺客の建部民部どのかと思います」

「なんてこった。空也はんのところには妙な連中が集まってきおるな。どうするな」

と七之助が独りだけめしを食う空也を見た。

「相手様の気持ちは変えようにも変えられますまい。こちらはふだんの日々を過ごすまでです」

との空也の言葉に野尻が、

「空也どの、この四年の修行の間に何人の武芸者と戦われたな」

との問いに箸の手を休めた空也が、

「これまで八人の武芸者と戦いました。最後の八番目の剣術家とは、空也瀧(くうやのたき)で戦いましたが名を告げぬお方でした」

「名も告げぬてか、相手はこの世の者ではないな」

七之助の問いに空也が頷いた。

「建部なんとかが九番目の真剣勝負の相手になるか」

「さあて、建部民部どのに会ったこともありません。なんともいえません」

と答えた空也はふたたび箸を動かし始めた。すると、

「空也どの、明日、小浜城下に着いたら小浜城内のわが屋敷にいったん入り、五

月を身内に預けたその足で藩校順造館にご案内しますでな」

「それがし、野尻様の名を出してよいのなら、独りで順造館の道場を訪ねてみます」

「むろん江戸の父御のお名前を出されれば順造館の剣道場を訪れることはできましょうが、こたびのこともございます。ぜひそれがしに案内させてくだされ」

と野尻に言われて空也も頷いた。

四

若狭の海辺に三層の天守閣が聳えていた。

雲浜城とも呼ばれる小浜城だ。海辺は雲の浜と呼ばれていたことから雲浜城と称されたのだ。

三代将軍徳川家光の信任篤い武蔵国川越藩主の酒井忠勝が若狭国小浜に十一万三千五百石で入封したのは寛永十一年（一六三四）だった。のちに一万石が加増され、寛永十五年には大老に就任していた。

代々の酒井家の居城は、若狭の内海に面し、北川と南川の河口に挟まれた水上に浮かぶ島のような要害の水城だった。

京の小浜屋敷の調役を代々勤める野尻玄左衛門の屋敷は、城内の三の丸の一角にあるという。

鯖街道の遠敷の若狭彦神社から小浜城下まではわずかな距離だ。

捻挫の痛みは消えたという五月を駕籠に乗せ、北川沿いに河口を目指すと、すぐに潮騒が聞こえてきた。

「旦那様」

と乗り物のなかから五月が玄左衛門を呼んだ。

「どうしたな」

「大手門を潜ればもはやわが屋敷はすぐにございます。大手門の門番に申して、私を乗せたお駕籠を屋敷までと願いますで、旦那様は空也様を案内して順造館の剣道場に参られませ。この刻限、朝稽古が行われておりましょう」

と告げた。

「なに、われらがいっしょに屋敷に戻らぬともよいか」

「屋敷に戻れば姑様がたがなにかと引き留められましょう。となれば、空也様の願いの剣術稽古は明日になります」

「おお、わが母上の気性をよう思い出させてくれたな。ならばそうさせてもらうか」

と大手門前で一行はふた手に分かれた。

城下一番町に藩校の順造館はあった。

刻限は五つ（午前八時）前か。

剣道場からは竹刀で打ち合う音がしてきて、空也は気が弾んだ。稽古をしている家臣団は五、六十人か。

譜代大名酒井一族の居城も藩校も剣道場もそれなりに格式が感じられた。

「おい、空也はんよ、わしは鞍馬寺の僧兵の形じゃぞ。道場の外で待っていようか」

城の天守閣を見た七之助は恐れを抱いたか空也に問うた。

「羅城坊どの、そなたは山城国鞍馬寺の僧兵じゃぞ。なんぞ証はあるかと尋ねられた折りは竹伐りを披露なされ」

と空也が珍しく冗談を言った。そんなふたりの問答を聞いた野尻が、

「わが藩校に鞍馬寺の僧兵が立ち入るのは初めてかもしれんな。まあ、それがしが夏目先生がたに乞うてみよう。その返事次第かな」

との言葉に道場の内門で草鞋の紐を解いた三人は稽古場に入った。

三人三様の出で立ちに見所に坐す重臣と思しき武家が、

「うーむ、何者か」

と誰何の声をかけた。すると、剣術師範と思しき人物が三人に眼を止め、

「おお、京屋敷の調役野尻玄左衛門ではないか」

「夏目先生、お久しゅうございます。父御の長左衛門様は息災でございましょうな」

という問答に空也は眼前の人物が夏目壱之助武君と判断した。

「そなた、京に参り、御用ばかりが忙しく剣術の稽古をしておらぬと聞いたぞ。かつての順造館剣道場の俊才も錆付いておらぬか」

空也は夏目の言葉を聞いて得心した。野尻の剣術の技量はそれなりのものと推量していたからだ。ただし野尻の師匠は眼前の壱之助武君ではなく長左衛門だとふたりの問答から察せられた。

「先生のお察しのとおり錆付いており申す」

と応じた野尻に、

「それにしても野尻、妙な連れじゃのう」

と見所の武家方が質した。

「おお、国家老三浦主税(みうらちから)様でございましたか、失礼をばいたしました」

「そのほうの連れのふたりは何者か」

「ご家老、ひとりは鞍馬寺の僧兵羅城坊にて竹伐りの達人にございます」

「なに、竹伐りじゃと。して、もうひとりの高すっぽは何者か」

「武者修行者でございまして、小浜藩の剣道場に関心を寄せておりますで、かように案内して参りました」

「なに、そのほうがわざわざ伴ってきたのは、鞍馬寺の僧兵に武者修行者な。夏目師範、そのほうが京の野尻に何事か願ったか」

国家老と呼ばれた人物がふたりをしげしげと見た。

「いえ、それがし、なにも」

と夏目師範が答えて野尻を見た。

「ご家老、夏目師範、武者修行者の名を聞かれませぬか」

と野尻が反問した。

「高すっぽの名を質せというか」

小首を傾(かし)げた国家老の三浦主税が空也を見た。

「坂崎空也と申します」

「空也な、なにやら抹香臭い名じゃな」

「ご家老、この若侍の父御の名を聞いてもさよう申されますか」

「野尻、そのほう、なんぞ魂胆あって妙なふたりを連れて参ったようだな」

と言った国家老が空也を凝視した。

「初めて会うたそなたの父を知らんでな。この界隈の大名家の家臣か」

譜代中藩の国家老が問うた。

「いえ、父の住まいは江戸でございます」

「江戸というても広かろう」

「千代田城の北の傍ら、神保小路と申す武家地の一角で直心影流尚武館坂崎道場を営む坂崎磐音と申します」

「な、なんと」

と夏目が叫び声を上げた。

「師範、どうした」

「この者の父御は江戸幕府の官営道場と称される尚武館道場の主、坂崎磐音様ですぞ」

「な、なんと、当代の家斉様と昵懇の剣術家か、野尻」

と国家老が声を張り上げた。

「いかにもさようです。ついでながら空也どのの佩刀（はいとう）がどなたから下賜されたものかご家老、お尋ねなされてはいかがでございますな」

「まさか、家斉様というまいな」

「はい、家斉様から拝領した修理亮盛光を携えて武者修行する若侍はこのご時世に滅多におられますまい」

「なんと上様御下賜の盛光を手にした武者修行者を、そのほう小浜藩藩校、順造館剣道場に伴なったか」

「ご家老、ご迷惑でしたかな。さような若者をただ道場に立たせておくだけの歓待ですか」

と今日の野尻玄左衛門は、なかなかの強気の弁舌を揮った。二日前に知り合ったばかりのふたりだが、武者修行の様子を空也当人から聞いて、野尻の気持ちも高揚していた。

家臣たちがいつの間にか稽古を止めて、野尻と国家老、夏目師範の三人の問答を聞いていた。

「おお、われら、武者修行者と稽古ができるというか」

「まだ若いゆえ御番頭の鈴木平右衛門どのならば太刀打ちできようか」

「鈴木どのは順造館剣道場の一番手の技量だぞ」

「武者修行者もあの若さでは無理かのう」

と壁際に下がった家臣たちが小声で言い合った。

その声を聞き取った七之助が、

「小浜藩のご家臣がた、その意気ですぞ。空也はんはまだ二十歳や」

と嗾けた。

「なに、二十歳か。何年武者修行をしてきたのだ」

と家臣と七之助の間にも問答が始まった。

「四年か、それならば、それがしとそこそこの修行期間ではないか」

と大柄の家臣が言い出した。

「夏目先生、ご一統様、道場の隅にて独り稽古をさせてもらってようございますか」

と空也が願った。

「むろん独り稽古もよし」

その言葉を聞いた空也が携えていた大小を七之助に渡し、愛用の木刀だけを手にした。

「待ちなされ、坂崎どの。そなたが当代一の剣客の嫡男と知って独り稽古がさせられるものか。どうであろう、坂崎どの、門弟を五人ほど選ぶで、そなたと打ち合い稽古はできぬものかのう」

「夏目先生、われら剣術を学ぶ人間にとって木刀、竹刀どちらであれ交えるのは歓待にございます。ぜひお願い申します」

と空也が願った。空也もこのところ道場稽古をしていなかった。それだけに相手のいる稽古を望んでいた。

「坂崎空也どのの考え、分かり申した」

夏目師範が空也の相手を選ぶのに朋輩の師範ふたりと相談して五人を決めようと思うと言った。夏目師範が門弟たちのもとへ向かったとき、

「おい、空也はん、小浜藩のわしらの今後の扱いが決まるぞ、五人とはそこそこに相手してな、ひとりふたりな、相手に花を持たせてやれんか」

と七之助が言い出した。

「さような駆け引きは相手方に失礼でありましょう。道場稽古での勝ち負けは意

味を持ちません、両者して精一杯打ち合うだけです」

と応じた空也が野尻を見た。

「いかにもいかにも、空也どののいつもの力でわが朋輩衆と稽古をなされ」

と野尻がいい、空也も頷いたとき、夏目師範といっしょに五人が道場の真ん中に出てきた。残りの家臣たちは壁際に坐した。

「坂崎空也どの、竹刀か木刀かどちらをお望みか」

「夏目師範、どちらなりとも小浜藩順造館剣道場の習わしに従います」

「そうじゃな、お互い好きなように打ち合えるように竹刀にしようか」

と夏目が決めた。

五人のうち、ふたりの家臣は木刀を手にしていたが直ぐに替えた。すると空也のもとへ野尻が竹刀を持ってきた。

「野尻様、恐縮でございます」

「なんのなんの、行きがかりじゃ。空也どのの付き添いはそれがしと鞍馬寺の僧兵のふたりじゃな」

と笑って空也の木刀を初めて手にした野尻が驚いて、

「なんとも重い木刀にござるな。これを自在に振り回される。わが朋輩がたと木刀での稽古を夏目師範が願わんでよかった。そうか、夏目師範もすでに空也どのの力量を察しておられるか」

と呟いた。

「一番手、三木二郎次」

ほぼ空也と同年齢の家臣が顔を紅潮させて、審判の役目を務める心算の夏目師範のもとへ出てきた。藩校の剣道場に外部の剣術修行者が姿を見せることはないのか、緊張がありありと見えた。

「ご両者、それがしが立ち会いを務める、勝ち負けを決める稽古ではないぞ。二郎次、好きなだけ空也どのに打ちかかってよし」

とわが門弟にだけ命じた。

「師範、力をこめて叩いてもよいと申されますか」

「おお、叩けるものならば何本なりとも打ち込め」

「承知いたしました」

と二郎次が師匠の言葉を聞いて俄然張り切った。

「参ります、坂崎空也どの」

「お願いします」

と言い合った途端、意外に敏捷な動きで二郎次が、

「面」

と叫んで空也へ打ちかかってきた。動きを見極めていた空也が引き付けるだけ引き付けて、そより、と二郎次の竹刀を弾(はじ)いた。すると、

「おっとっとと」

と言いながら横手に体を流した二郎次が床に片膝をついた。

「な、なんと、おかしいな」

と言いながらも立ち上がった二郎次が最前より間合いを少し空けて竹刀を正眼(せいがん)に構え、空也を見て打ちかかろうとした。

空也も幼いころから五体に叩き込んだ直心影流の正眼に構えた。

それを見た二郎次が不意に身を竦(すく)ませ、体が固まった。

なんとも妙な相(あい)正眼にしばし間を置いた夏目師範が、

「どうした、二郎次。好きなように竹刀を揮えと申したぞ」

「か、体が強張(こわば)って動きません。どうしたんでしょう」

「ほう、体が強張ったな。そなた、いくつからこの剣道場で稽古をしてきたな」

「七つの折りから十五年ほど」

「初めてか、かような仕儀は」

「はい、師範」

「よし、十五年の修行のし甲斐があったというものだ。竹刀を引いてよし。次、村田朔太郎」

と二番手の名を呼んだ。が、村田朔太郎も三番手も四番手もほぼ二郎次と同じなりゆきを辿った。

「五番手、鈴木平右衛門」

と最後の家臣の名を告げた。

門弟衆が順造館の剣道場で一番の遣い手と名を挙げた人物だ。

年齢は三十過ぎか。背丈は五尺八寸余ながらどっしりと腰が落ち着き、

「佐々木玲圓先生の系譜、尚武館坂崎道場の直心影流、拝見したし」

と正眼に構えた。それを見た空也が、

「玲圓先生は玲圓先生、父は父にございます。この四年余りの道中でそれがしの尚武館の直心影流は変わったかと思うております。鈴木平右衛門様、宜しゅうございますか」

「おお、坂崎空也どのの四年の研鑽を拝見したし」

と聞いた空也も正眼に構えた。

鈴木平右衛門の表情が険しく変わった。

「参ります」

と声をかけた空也が踏み込んだ。

それを見た鈴木が後の先で応じた。

空也が先に仕掛け、平右衛門が受け、次なる機会を空也につくった。そんな先手と後手の鬩ぎ合いがゆったりと続いた。

が、時が経つにつれ、平右衛門の後手に狂いが生じてきた。体力差だ。むろん空也が相手より十歳以上も若いということもあるが、疲れとともに後手の技が攻めの律動を失っていた。

空也は、すっと間合いを空けた。

その間に鈴木平右衛門が呼吸を整えると攻めに転じた。

受け手になった空也は淡々と平右衛門の攻めを返しつつ、前へ前へと踏み込み、間合いを戻した。

立ち会いの夏目は、若い空也が老練な仕掛けをしているのに気付いていた。

技量はまるで違っていた。

（どこで止めるか）

と迷ったとき、間合いを戻した空也が幾たび目か踏み込みながら攻め込んだ。

鈴木平右衛門も力の差を承知させられていた。

咄嗟に空也の踏み込みに合わせ、最後の力を振り絞って反撃した。

道場の中央で激しい攻防が続いた。

次の瞬間、空也が鈴木平右衛門の胴打ちを弾くと飛び下がり、

「ご指導有難うございました」

と言いながら、床に正坐した。

鈴木平右衛門は一瞬立ち竦んでいたが、空也の動きを見てその場に坐し、

「夏目先生、坂崎空也どのはそれがし相手に五分の力で応じております。全力を出した折りは、それがし、幾たび道場の床に這いつくばり、転がされているか。空恐ろしい若武者にございます」

と正直な気持ちを吐露した。

道場じゅうが茫然自失していた。

「野尻玄左衛門どの、えらい武者修行者を伴ってきたものよ。藩校順造館剣道場、形無しじゃぞ」

と言った夏目の機嫌は決して悪くなかった。譜代大名の家臣の鷹揚(おうよう)さか。

「空也どの、それがしにも一手教えてくだされ」

なんと野尻が木刀を手に空也の前に立った。

「夏目先生、坂崎空也どのにそれがしも、錆をこそぎ落としてもらいまする」

と言った。

にっこりと笑った空也が、

「野尻玄左衛門様の申し様、京の都独特の謙虚さでしょうか。ぜひ、それがしの旅の垢(あか)を落としてくだされ」

木刀の野尻と竹刀の空也の打ち合い稽古はなかなかの迫力で四半刻も続き、空也が、さあっ、と飛び下がって、

「野尻様、それがしの旅の垢が落ちる前に竹刀が折れましたぞ」

「おお、それがしだけが木刀であったか」

と応じた野尻が、

「夏目師範、しばらく坂崎空也どのに当順造館に逗留してもらい、稽古の場を与えてくだされ」

と願うと、家臣団の門弟から歓声が起こった。

第五章　海と空と刺客

一

大和国吉野川の源流は、多雨で知られる大台ヶ原であり、大和と紀伊の国境、真土峠で紀ノ川と名を変えて紀伊半島の中央部を貫流し紀伊水道に流れ込む。全長およそ三十四里（百三十六キロ）の大河である。

佐伯彦次郎は紀ノ川河口の左岸で見つけた破れ寺の境内から愛鷹の千代丸を飛翔させていた。紀伊水道の向こうに馴染みのある淡路島と四国の阿波国が望めた。

千代丸はもはや馴染んだ紀伊水道に流れ込む紀ノ川の風に乗って雄大に舞っていた。

御三家紀伊藩の和歌山城は、紀ノ川河口の平野部のほぼ中央に独立してある標高百六十二尺（四十九メートル）の険しい虎伏山を利して築かれていた。東西に延びる丘の中央のくびれを挟んで西に天守曲輪、東に本丸御殿を配し、これらの普請を囲むように二の丸、西の丸、砂の丸、南の丸が造られ、北の平野部に三の丸を設けた堂々たる「平山城」であった。

立地の虎伏山から虎伏城とも呼ばれる和歌山城下に佐伯彦次郎の供の伴作老は二日前から出かけていた。

彦次郎が呼子を吹いた。

すると千代丸が大きな円を虚空に描きつつ、主の籠手へと戻ってきた。そのとき干し肉の一片を与えられた千代丸がふと表情を変えた。

紀ノ川の上流から漁り舟が下ってきた。

千代丸が嬉しげに鳴き、ふたたび空へと戻っていった。

一気に虚空へと戻った千代丸が悠然と漁り舟に向かって下りていく。

千代丸の世話方の伴作老が川舟を雇ったか、河口の仮住まいまで戻ってきたのだ。

佐伯彦次郎の眼に千代丸が伴作の腕に止まるのが見えた。

徳川御三家の一つ、紀伊国和歌山藩の道場を伴作老が下見をしていたが、藩では佐伯彦次郎の道場破りを承知していて城下の町道場や剣術自慢の藩士らに十両を賭けての真剣勝負を固く禁じていた。

そのことを知った彦次郎は、

「爺、御三家のようなご大層な大名家にはな、必ずや『わしなれば佐伯彦次郎など何ごともあらん』と密かに胸に秘めておる剣術家がおるものよ。丁寧に探索してみよ」

と命じていた。

伴作と千代丸を乗せた漁り舟が紀ノ川河口に寄せられて、竹籠を負った伴作老が千代丸を腕に止めた姿で岸辺に下り立った。

漁り舟は河口に向かって下っていった。そんな舟に手を振った伴作老が、

「若、十両勝負の相手が見つかったぞ」

と告げた。

「やはりのう」

「さすがに御三家よのう、御鷹匠頭（おたかじょうがしら）がおってな、三人の御鷹匠組頭の下に数多の御鷹匠と御鷹方勤（おたかがたづとめ）がおるわ。わしはひとりの御鷹匠に近づいてな、あれこれとクマタカの飼育について教わる真似をしたのよ。人間、他人から教えていただきた

いと頭を下げられ、なにがしか金子を袖に投げ込まれたらな、いらぬことまで藩の内情を喋りおるわ」

「それがしと勝負がしたい御仁は、町道場主かな」

「いや、和歌山藩十代藩主徳川治宝(はるとみ)様の近習(きんじゅ)よ」

「ほう、藩主の側近か」

「若、さような身分でありながら大手門前の神道(しんどう)流道場の主を代々務めおるそうな。門弟衆は中士身分以上の家臣ばかりじゃ、和歌山藩内ではだれもが承知の鼻っ柱の強い御仁でな、有馬大炊頭助実(ありまおおいのかみすけざね)と申される。歳は三十五じゃそうな。わしの調べでもまず若からの勝負を断ることはあるまい。ただし、戦いの場は大手門前の屋敷道場ではあるまい」

「となると書状にて十両勝負を申し込むか」

「難儀はそこよ」

「爺、難儀とはなんだな」

「門弟のひとりが有馬助実様に、もし佐伯彦次郎なる者が十両勝負を申し込まれた折りは、どうされますな、と質したそうな」

「金子を賭けての勝負は嫌じゃと申したか」

「若、それが違うてな。十両程度の金子を賭ける茶番はしたくない、せめて百両を互いに賭けての勝負ならば引き受けると答えたそうだ」

「ほう、百両のう。有馬はそれがしとの真剣勝負を避けてかような言辞を弄したか」

「うーむ、そこがなんともな。じゃが、有馬の言葉の百両勝負は神道流道場の門弟らが知るところであり、門弟らは虚栄家の有馬助実の本心と考えておるそうな」

「ほうほう、となると百両を得るのが先か」

「百両をどこぞで稼ぐならば、そもそも有馬助実などと真剣勝負をなす要はあるまい」

「たしかにわが暮らしの基になる金子を得るために十両勝負を繰り返してきた。両だが、わが最後の対戦者は相手がどう考えようと、坂崎空也と決めておるわ。両者の戦いを前に有馬助実など、どうでもよき相手じゃが、百両勝負を知って避けたとあっては、佐伯彦次郎の名が廃（すた）る、心持ちが悪いのう。どうしたものか」

伴作老は主の気持ちの察しがついた。どうしたものか、との自問は百両を稼ぐ手立てを問うているのだ。

「若、百両を稼ぐのは道場破りでは無理じゃな」

「有馬某(なにがし)の懐具合は豊かとみた。じゃが、わがほうには百両がな」

「ないな」

「爺、知恵はないか」

「ないこともないぞ」

「ならばお膳立てをせえ」

「若、二日ほど日にちを貸してくれ」

「よかろう。それがしは、有馬助実に百両勝負の申込状を認(したた)めよう」

と主従ふたりの約定がなった。


大手口前一番町にある小浜藩藩校順造館の剣道場宿坊に寝泊まりするようになって数日後、空也はすっかりと道場稽古に慣れた。鞍馬寺の僧兵羅城坊こと炭屋の七之助もなんとなく剣道場宿坊に暮らすようになった。

この朝、空也が朝稽古をしている間、七之助ひとりは順造館から城下町へとふらりと出た。そして道場に戻ってきた七之助はもはや僧兵の姿ではなく、古着ながら袷(あわせ)を着て小者然としていた。

「おや、七之助どの、僧兵の衣装はどうなされた」

「古着屋に売り払いました」

「どうするのです」

「坂崎空也はんの小者になりましたんや」

「七之助どの、それがし、武者修行の身ですよ。小者を抱える余裕などありません」

「なにも空也はんから給金貰おうなどと思うておらんわ。押し掛けの勝手小者や。案じなさるな」

この空也と七之助の問答を三木二郎次ら若い家臣たちがにやにやと笑って見ていた。

「おや、坂崎空也どのに押し掛け勝手小者が従うことになったぞ」

「妙な主従じゃのう」

と鈴木平右衛門が首を捻った。

(困ったな)

と思いつつもどう断るべきか悩む空也に七之助が、

「小浜城下でな、坂崎空也どのを知る旅の武芸者に会いましたぞ」

「はて、それがしを知る御仁など、小浜におられるとは思えませんがな」

と答えながら野尻が告げた薩摩藩京屋敷の隠れ刺客建部民部ではないか、と一瞬思った。建部民部の存在は七之助も承知していた。建部ならば建部と推量を告げよう。

「空也はんは建部民部と思うたか」

と七之助も空也に質した。

「いかにもちらりと考えた」

「野尻様から聞いた建部民部とはとても思えない御仁やで。いや、空也はんの姿を見かけて声をかけようかどうしようかと迷ったそうな」

「名は名乗られましたか」

「おお、酒匂久七(さこうきゅうしち)と名乗ったがな」

「酒匂久七ですか」

空也の表情が険しくなった。

「どうしたな、空也はん」

「酒匂久七と名乗ったのですね」

と念押しした。

「おお、それがどうした」

「七之助どの、これまでそれがしの武者修行で戦った相手の素性を話したことがありましたね」

「おお、険しい真剣勝負を戦ってきたんやな」

七之助の言葉に頷いた空也が、

「薩摩の滞在を終えて肥後の国境に向かう大口筋の一つ、国見(くにみ)山地を越える峠を通りました」

「薩摩藩のなんとか流の剣術家と真剣勝負をしたと違うたか」

「戦った相手は酒匂兵衛入道」

「……」

「われらが戦った峠は久七峠。このことを承知なのは限られた薩摩人だけです」

「なんと、だがよ、あの御仁が建部民部か」

七之助の反論に空也は答える術を持たなかった。だが、

（違う）

と剣術家の直感が告げていた。

紀ノ川河口の外湊は、紀伊水門で栄えた城下町の南、寺町の一角にその旧家はあった。見事ななまこ壁と格子窓だが、ただ今では荒れ果てていた。また旧家の周辺も強引に壊されて荒れ野が拡がっていた。この旧家は夜の五つ（午後八時）を過ぎると急に人の出入りが激しくなった。

戦国時代、地侍や土豪衆とつながりを持った僧兵集団「根来衆」を騙り、「新・根来組」と称した輩が旧家を占拠し、いつの間にか和歌浦の漁師や城下の町人、商人を集めて賭場を毎晩開き、荒稼ぎするようになっていた。

城下の噂話を集めた伴作老によれば、

「御三家和歌山藩の城下にある無法地帯にはだれも立ち入らないぞ、若」

五年前、この者たちが旧家に乗り込んだときは、根来衆を再興して和歌山藩の発展に尽くすと豪語し、藩の上層部に盛大に金品をばら撒いた。

だが、賭場が確固とした闇の商いになったとき、もはや藩も「新・根来組」の賭場に手を入れる力を失っていた。紀伊藩体制そのものが和歌山城下の「打ちこわし」で弱体化していたからだ。

「若、こやつら、根来衆とは関わりはなし、粉河のやくざ者だぞ」

「頭分は何者だ」

「当人は紀伊藩分家の新宮藩水野家の家臣水野主水と称しているが、こちらも虚言やのう。ただの武芸者くずれのやくざもんの集団や。この水野、懐に異国製の短筒を忍ばせており、配下の者にも鉄砲を持たせておるそうや」

「異国製の短筒やら鉄砲な。賭場の警護としては大がかりじゃな。水野某の剣術の腕前はどうだ」

「剣術もそれなりの技量じゃそうな。なにより非情残酷な気性にはだれも手がつけられん」

彦次郎がしばし考えた。

「こやつら、『新・根来組』がいなくなっても和歌山藩はなんの差し障りもないか」

「おお、藩の勘定方が借りておる莫大な金子が帳消しになれば万々歳ではないか」

と伴作老が言い切った。

「ならば、今晩にも賭場を襲い、百両を頂戴してこようか。なにか手立てはないか、爺」

「荒れ地の一角でな、水野主水の血筋の一族が牛を飼って暮らしていてな。いつぞや花火の音に興奮した牛が何頭か逃げ出して、あの界隈で大暴れしたことがある。この折り、怪我人は出たが死人は出なかったで、町奉行所に金をばら撒いて事を鎮めたそうな。この牛を利用できんか。なにしろわしらはたったふたりじゃ。だれぞの力を借りて賭場を混乱させんことには百両もへちまもあるまい」

と伴作爺が言い放った。

「ふーん、人手が足りんで牛の力を借りようというか」

「若、告げておこう。水野主水の配下は、用心棒侍など二十数人おるというぞ。客はその何倍もいよう」

「爺、われらふたり、賭場を乗っ取る話ではないわ。百両さえ頂戴すればさっさと逃げ出すだけよ」

「あとは野となれ山となれか」

「まあ、そんなところか」

ふたりだけの主従の「新・根来組」の賭場襲撃の手順は為った。

その夜、水野主水の血筋と称した者が飼っている牛二頭が小屋から姿を消した。

九つ半（午前一時）、水野主水の博奕場（ばくちば）が一番賑わいを見せる刻限、旧家の座敷四つを利用した賭場にいきなり両の角先に火を点された松明を括りつけられ、花火の音に驚かされた牛二頭が暴れ込み、盆茣蓙の照明の行灯や蠟燭を蹴り倒して一瞬のうちに賭場は大混乱に陥った。

「な、なんだ、また牛が暴れ出したか」

「だれか牛を取り鎮めろ」

と賭場を仕切る刺青鉄火の用心棒が怒鳴り合ったが興奮した牛を取り鎮めるどころではない。大騒ぎする賭場の客たちに却って興奮した牛が行灯を倒し、炎が燃え上がった。牛は新たな炎に興奮し、さらに暴れ方が酷くなった。また仰天して身動きつかない客たちを脚で蹴り、追い散らしてさらに大混乱になった。

「牛より火を消せ」

の声に桶に入れた水を燃え上がった行灯にかけたものだから、こんどは濛々たる煙が賭場を包んだ。

そんな大騒ぎを見ながら佐伯彦次郎が花火に火をつけて混乱の博奕場に次々と投げ込んでいた。

一方、伴作爺は銭函を抱え込む水野主水の腹心の胴親に近づくと、

「胴親はん、鉄火場から銭函を遠ざけなあかんで」

と囁いていた。

「おお、そやな。けど、牛が大暴れしてどもならんがな」

「床を這ってな、庭に逃げなはれ。わしが銭函を胴親はんのほうに押したるがな」

「そうか、頼むで」

と願った胴親が銭函に手をかけながらずるずると大博奕の場から庭へと這いずっていった。

不意に銭函の向こうの爺に、

「あんた、だれや」

「わてですか、牛小屋の爺ですがな。そんなことより銭函を庭に移さんとあかんで」

と言ったとき、

「おお、鉄火場が燃え上がりましたぜ」

と言いながら銭函の寺銭のなかから包金二十五両をきっちり四つ懐に入れた伴作爺が鉄火場が火事場に変わろうとする場からさっさと姿を消した。

「若、もういいわ。百両きちんと頂戴したがな」

「ならば立ち退くか」

とふたりは大博奕の場から姿を消した。


若狭国小浜城下一番町の藩校順造館の剣道場では七之助が空也の姿を探し求めていた。

「どうしたな、小者の七之助はんよ」

と空也と竹刀を交えたこともある若い家臣の三木二郎次が七之助に質した。

「わが主の空也はんがおらんがな」

「おお、空也どのは雲浜海岸を走り廻っているのと違うか」

「いつもは剣道場で独り稽古をしている刻限やがな」

「そやな。寝所はどないや」

「姿が見えんし、持ち物もなにひとつないんや。食うのも寝るのもただの宿坊やぞ、そう容易く出ていかんやろ」

「そりゃ、どこぞに泊まり稽古やぞ」

「そうやろか」

と答えながらも一応寝所に戻ってみた。

がらんとした宿坊の雰囲気に、坂崎空也がもはや小浜城下を出て武者修行の旅に戻ったと確信せざるを得なかった。

「七之助、どうしたな、空也どのを探しておると聞いたが」

野尻玄左衛門が宿坊の外に姿を見せて糺した。

「野尻様か、わしの主はもはや小浜にはおらんわ」

「おらんとはどういうことか」

宿坊の寝所を覗き込んだ野尻が、

「なんぞあったか」

と質した。

「酒匂久七や」

「なんだな、酒匂久七とは」

野尻の問いに七之助は訥々と、昨日会った侍について事細かに告げた。話を聞いた野尻が沈思したあと、

「七之助、そなたが会った武芸者は建部民部ではないな。なにがしかの金子で頼まれ、さような言葉をそのほうに告げ、坂崎空也どのに伝わるように企みを為した者の遣いであろう。建部民部は、坂崎空也どのを恐れておる、ゆえに妙な企て

をこれからも繰り返そう」

と野尻が言い切った。

「となるとわしのもとにまたやつの遣いがくるか」

「もはやそなたのもとにはだれも来ぬ」

間をとって考えた七之助が、

「空也はんはわしを捨てて武者修行に戻ったか」

「まずもってそう考えたほうがよい。そなた、どうするな」

ううーん、と呻った七之助に、

「この宿坊に何日でも逗留できるようにそれがしが手配しておく。とくとこれからのことを思案して行動に移せ」

と野尻が親切にも言い、七之助がこくりと頷いた。

二

和歌山城大手門前にある神道流有馬道場に一通の書状が届いた。

宛名は道場主有馬大炊頭助実、差出人は佐伯彦次郎とあった。

飛脚屋から書状を受け取った門弟のひとりが思わず、

「おお、道場主有馬様に佐伯彦次郎から書状が届いたぞ」

と門前で叫んだ。

「なんじゃと、佐伯彦次郎とは十両勝負の道場破りではないか。となると果たし状に違いあるまい」

「藩では佐伯彦次郎との勝負は一切禁じておられようが」

と門弟らが言い合ったから、その折り、道場の入口にいたほかの門弟らの知るところとなった。師範代のひとりが、

「光五郎(みつごろう)、べらべら喋るでない。有馬様にその書状即刻届けよ。そなたら、この書状の一件、すべて忘れよ」

と厳しい声音で命じた。

書状を受け取った光五郎が慌てて道場にいる道場主にして和歌山藩十代藩主徳川治宝の近習でもある有馬助実に書状を無言で差し出した。

「なんだ、光五郎」

「書状にございます」

「見れば分かるわ。だれからと聞いておる」

「それがし、なにも見ていません」

「なに、それで役目が果たせるか」

と応じた有馬助実が受領し、差出人の名を見た。

「おお、こやつのう。まさか真剣勝負の懇願ではあるまいな。佐伯彦次郎は安芸広島藩浅野家から追放され、佐伯家からも勘当されたと聞いておる。さような者がこの有馬助実に何用か」

とはっきりとした声音で有馬が呟いた。むろんこの呟きを光五郎の口を通して道場の門弟に告げる意図が秘められていた。

有馬の眼差しが書状から見所に坐す重臣近習頭村上一心に向けられた。

「有馬どの、それがしには佐伯彦次郎と聞こえたがな。藩ではどのような所以があろうと道場破りの佐伯彦次郎との勝負を禁じておるぞ」

「近習頭、それがし、佐伯彦次郎と書状のやり取りなどございませんぞ。初めてかような書状を受け取ったばかり、読まずに打ち捨てよと命じられますかな」

しばし間を置いた村上が、

「一応書状を読むのが武家方の礼儀であろうな」

「それがし宛ての書状、この場で読めと申されますか」

「そなた宛ての書状じゃ、そなたの判断次第じゃな」

「ならば控えの間で読み、無用の書状ならば焼却することではいかがでござろう、村上様」

「おお、それがよかろう」

と応じた近習頭村上一心が、控えの間に下がりかけた有馬に言い添えた。

「焼却するにせよ、書状の内容をそれがしに密やかに伝えてくれぬか。藩から厳しいお達しが出ている以上、そなたの上役としては、そなたの判断が的確かどうか承知しておきたい」

「書状の内容を知らせよと命じられますか」

「そう受け取ってもかまわん」

村上の命に有馬がしぶしぶ頷き、上役の前から姿を消した。だが、さほどの間を置かず有馬が道場に戻ってきた。

「近習頭、やはり十両勝負の申し込みでござった。ゆえに焼却いたしました」

有馬がなんとなく魂胆ありげな表情で報告した。

「なに十両勝負とな。そのほう百両ならば受ける所存ではなかったか」

「村上様、書状のなかで百両をどこぞで都合したというておりますが、文面からして都合がつかなかったのは明白でござった。佐伯彦次郎にも体面がござろうでな、書状はしかと焼却しました。というわけでそれがしに宛てられた佐伯彦次郎の書状はこの世にもはやございませんぞ。それでよろしいでしょうな、近習頭」

「相分かった」

と答えながら有馬の言葉をどこまで信じてよいか、書状はしかと残っているのではないかと村上一心は迷っていた。

この夜九つ半（午前一時）、佐伯彦次郎は徳川家康の霊廟である東照宮の拝殿の階に坐していた。むろん有馬助実との互いが百両をかけての真剣勝負のためだ。

この東照宮、和歌山藩主徳川頼宣が元和六年（一六二〇）から足掛け二年をかけて、紀伊水道でも景色のよい和歌浦に造営したものだ。朱色の壮麗な山門から、

「紀伊の日光」

と呼ばれていた。

五月に催される和歌祭では、神輿や母衣舞が城下町を賑やかに練り歩く。だが、冬に入った東照宮の境内は森閑としていた。

八つ（午前二時）と思しき刻限、厚い雲がかかっていた月が姿を見せた。

するど山門にひとつの人影が立った。むろん神道流の道場主にして紀伊藩の近習のひとりだ。

佐伯彦次郎は階から立ち上がる気配はない、ただ山門を潜って有馬が拝殿の前に歩み寄るのを待っていた。

有馬助実は、彦次郎が階に坐して待ち受けているのを確かめ、ゆっくりと拝殿へと歩いてきた。そして、階から六、七間手前で歩を止めた。

「佐伯彦次郎じゃな」

「念押しは無用にござる」

「そのほう、書状にて百両を都合したとあったがたしかであろうな」

「有馬どのの望みゆえたしかに百両は都合した」

「わが城下で百両を得たか」

「有馬助実、百両の出所が勝負の有無に関わるか」

「いや、関わりはせぬ。無法な行いは治宝様の近習たるそれがしの耳に入るはず」

「城下某所で夜な夜な賭場が催されておるのは近習のそなたも承知であろう」

「なに、水野主水の賭場にて稼ぎをなしたか」

「暴れ牛二頭が賭場になだれ込み、混乱する胴元の銭函から百両を頂戴して参った。まさかさような金子では勝負はできんというか」

「ほう、あの火事騒ぎはそのほうが仕掛けおったか。よかろう、百両の金子を確かめようか」

「すでに賽銭箱(さいせんばこ)の上に載せてある、好きなようにせよ」

有馬が月明かりで確かめ、自らの百両を石畳の端へと置いた。

「これで満足か、佐伯彦次郎」

「百両勝負はそのほうの望み。それがしにとって十両も百両も違いはなし」

と言い放った彦次郎がゆっくりと階から立ち上がった。

両人はほぼ五間の間合いで睨み合った。

「佐伯彦次郎、そなたが生きておる証の真剣勝負は今宵で終わりじゃ」

「それがしと戦った相手がさような言葉を残して彼岸(ひがん)に旅立ったわ」

「抜かせ、若造」

と言い放った有馬助実を伴作爺と愛鷹の千代丸が「紀伊の日光」と呼ばれる山門から眺め下ろしていた。

伴作も千代丸も気配を消すべき場では、風下に位置して息を凝らす術をとっていた。

「なんと」

と伴作爺が洩らし、山門の向こうに有馬助実の仲間の気配を感じ取った。

(有馬助実は門弟を助勢に連れてきたか)

と考えた伴作爺は即座に己の考え違いに気付いた。あの者たちは有馬助実の行動を確かめるために来ているのだ。

ちらりと背後を見た有馬が舌打ちをしたが、彦次郎は無言を守った。

有馬助実が代々有馬家の当主に伝承される室町期の関兼元作、刀銘「冬之嵐」刃渡り二尺三寸四分を抜いて正眼に置いた。

それを見た佐伯彦次郎は徳川家に仇をなすという妖刀村正の鯉口を切ると有馬助実を見た。

「居合を遣うか」

「それがし、その折々で剣の使い方は自在でござってな、強いて申せば居合術を使うたことはござらぬ。変わらぬものがあるとしたら」

と彦次郎が言葉を止めた。

「変わらぬものとは」

「わが腰の一剣、村正に候」

「なに、徳川家に仇をなす村正がそのほうの愛刀か」

「いかにもさよう。そなたの愛剣でわが村正を負かせるかのう」

「おのれ、有馬家代々に伝わる関兼元の一作、『冬之嵐』の凄みを知れや」

と言い放った有馬が一気に生死の境に踏み込むと「冬之嵐」を揮った。

伴作老は、有馬の手にした剣が闇を裂いて嵐のように彦次郎に襲いかかるのを見た。

(若、動け)

と念じた。

千代丸がくっ、と小さな鳴き声を洩らした。

その瞬間、不動の構えで待ち受けていた彦次郎の村正が抜き放たれて「冬之嵐」に立ち向かい、ふたつの刃が絡み合った。

「嗚呼ー」

と悲鳴が有馬の口から洩れた。

なんと先の先をとったはずの有馬助実の「冬之嵐」の上身（刃）の中ほどが村正に斬り飛ばされ、さらに胸部に斬り込まれた。

立ち竦んだ有馬が最後の呻き声をあげると、

「恐ろしや、む、村正」

と言い残して崩れ落ちていった。

彦次郎はしばし有馬助実の断末魔を見ていたが、ことり、と息の根が止まったのを感じて村正に血振りをくれて鞘に納めると合掌した。

「若、門弟衆がおるぞ」

と山門から下りてきた伴作爺が言った。

「有馬どのもそれがしも承知じゃ。助勢ではなかろう。勝負の結果を確かめにきたのよ」

との言葉に頷いた伴作が石畳に置かれた袱紗(ふくさ)包みの百両を摑んで、

「若、二百両もの遣い道がないわ」

と言った。

その言葉を聞いた彦次郎が賽銭箱の上に置いた包金四つ、百両を賽銭箱に投げ入れた。

「これでどうだ」

「半分にはなったな」

「もはや和歌山を出るしかないぞ。姥捨の郷には未だ坂崎空也は来ておらぬわ。どうしたものか」

「歩いているうちに考えが浮かぼう」

千代丸を連れたふたりが消えたあと、諸星幾松ら神道流の若い門弟三人が師匠の骸の前に歩み寄った。

「そ、それがし、真剣勝負を初めて見た」

と幾松と同年齢の町奉行書役の藤間理三郎が震え声で言った。

「幾松、われら、なにをなせばよい」

と三人目の御徒目付生田為友が糺した。

「まず近習頭の村上一心様にお知らせせねばなるまい。じゃが、その前に師匠の骸を東照宮の宮司に断わり、宿坊に入れていただこうか」

「近習頭のほうが先ではないか。村上様に東照宮には内緒にしておきたかったと叱られぬか」

「理三郎、東照宮に知らせぬわけにはいくまい。といっても東照宮の宮司はなにも言わぬはずだ」

「どうしてか、幾松」

「そなた、見なかったか。佐伯彦次郎が包金四つ、あわせて百両を賽銭箱に投げ入れたのを」

「それがし、しかと見たぞ」

と為友が言った。

「百両の賽銭などいくら東照宮の和歌祭とはいえ集まるまい。われらの師匠と佐伯彦次郎の真剣勝負の場所の借り代としては望外ではないか」

「おお、法外よ」

「ともかく夜が明ける前にこの始末をつけねばなるまい」

と諸星幾松が骸の番に残り、理三郎と為友のふたりが近習頭の屋敷に走って報告に向かった。

ひとりになった幾松は、

「師匠、道場はどうなる」

と話しかけたが骸から声は返ってこなかった。

そのとき、坂崎空也は琵琶湖畔近江今津(おうみいまづ)にいた。

小浜城下を出た空也にはどこへ足を向けるか全く考えがなかった。小浜の海を外れて山に入った。ゆっくりと若狭から近江に向かう九里半街道を経て近江今津なる地に辿りついていた。この地は五箇商人と呼ばれる近江商人が若狭から豊かな海産物を運び込み、また交易交通の要衝として栄えて、廻船問屋や旅籠が無数にあった。

沖には島が見えた。

「お侍さん、竹生島やで。西国三十三所札所の三十番目の宝厳寺がある島や。うちら、これから島へ渡る船を待ってるんや」

と巡礼姿の信徒が教えてくれた。

（島か、さてどうしたものか）

空也には建部民部と戦う謂れを見いだせないでいた。出来ることならば無意味の戦いをなしたくはないと思っていた。

犬を連れた五、六歳と思える男の子が空也に近づいてきた。

「おっちゃん、ささかきくうやか」

空也は男の子を見て名を問うた。

「竹三や」

竹三の右の掌が大切なものを握りしめているように見えた。何文かの銭が持たれているかと空也は思った。

「竹三、わが名、坂崎空也とようも知っておるな」

「おう、さむらいさんにたのまれたわ」

「名をたずねよとか、そうすれば銭をくれるとその侍がいうたか」

竹三が思わず頷いた。

「手に握りしめているのはその銭かな」

竹三は慌ててその手を尻の後ろに隠した。

「竹三、そなたに命じたのはかような刀を差した侍か」

と空也が腰に差した修理亮盛光を差した。

「おお、笠をかぶった大きな侍や」

と聞いたとき、どこからともなく竹刀を打ち合う音がした。

「ほう、近くに道場があるか」

と呟く空也に、

「てしま先生の道場やで、一文くれたら連れていくで」

「竹三、それがしは貧乏でな。竹刀の打ち合う音を頼りに探すわ」

「ふーん、たてべのさむらいさんは二文くれたで」

「なに、笠を被った大きな侍はたてべと名乗ったか」

「おお、たてべみんぶや」

と言い残して竹三が空也の前から走り去った。

小浜を出てから九里半街道でも空也の動きを見張る「眼」には時折り気付いていた。が、子供を使い、建部民部が名を告げたのは初めてのことだった。それでも、なんとなく建部当人ではあるまいと空也は直感した。

しばしその場で思案した空也は竹刀の音のする道場を目指した。

細やかな佇まいの道場を見て、空也は訪いを告げた。うっすらと額に汗を掻いた若い門弟が道場から出てきて、空也を見た。その顔が何用かと問うていた。

「それがし、武者修行中の者にござる。竹刀の音を聞いたで、つい声をかけてしもうた。道場の片隅で稽古をさせてもらうことはできようか」

若い門弟が不意に後ろを振り向いた。すると白髪交じりの初老の侍が道場から出てきて、

「まさかわが貧乏道場に道場破りではあるまいな」

と穏やかな声音で糺した。

対応するふたりの年齢は離れていたが、どことなく風貌が似ていた。

「それがし、数日前まで小浜藩藩校順造館の剣道場で稽古を許されていた坂崎空也にございます。各地の道場に立ち寄り、かように願うのが習わしです。主どのでございますか」

「おお、さようか。念流兵法と剣術を教授する手島新左衛門でござる。さような仕儀ならば道場に上がりなされ。前以ていうておくが、うちの道場では、そなたと対等に打ち合える者はおらんぞ。朝稽古ならばおよそ二十人は集まる。ただいまはわしと孫を含めて六人しかおらぬ」

傍らの若者を差した。やはりふたりは身内だった。

「好きなようになされ」

と道場に立ち入る許しを得た空也は、いつものように「夕べに八千」の素振りを始めた。

道場主の手島を始め六人が野太刀流の素振りを見たが、独り稽古の空也に声を掛ける者はいなかった。

この日、いつもの半分の素振りも出来なかったが、四十畳ほどの広さの念流道場は空也にとって気持ちのよい場所だった。

「手島先生、改めて願いまする。明日からしばらく道場へ通うことをお許しくださいますか」

「そなた、重い木刀の素振りが日課と見た。狭い道場では無理かのう」

「未明、湖畔の砂浜にて木刀の素振りの稽古をなします。そのあと、道場にて念流兵法の教授を拝見させてくだされ」

「そなたに教える念流兵法などなにもないわ。好きなように道場をお使いなされ」

「明朝六つ（午前六時）時分、参ります」

「六つならば十数人は集まっておるわ」

と言われて空也は辞去した。

今津の湊にあった木賃宿（きちんやど）で夕餉付きの泊まり賃三百二十文を払い、琵琶湖の波音を聞きながら一夜を過ごした。

未明八つ半（午前三時）時分、浜沿いにおよそ一里半を往来し、今津の浜に戻った空也は、「朝に三千」の素振りをこなした。

六つと思しき刻限、念流手島道場を訪ねると道場に緊迫が漂い、いきなり町役人と思しき者たちが十手を翳して空也を取り囲んだ。

三

空也は番屋の牢舎(ろうしゃ)に留め置かれ、持ち物すべてを取り上げられた。事情が分からぬゆえ、一切抗いはしなかった。

番屋では最初こそ空也の扱いは酷かったが、途中から対応が変わったように思えた。そこで番屋の小者に、

「番人どの、それがし、かような眼に遭う覚えはないが、念流手島道場になんぞ騒ぎが起こったか」

と格子戸の中から尋ねた。番人たちはなにも答えなかったが士分と思しき役人が姿を見せ、

「そなた、坂崎空也当人じゃな」

「いかにもさよう。それがしの持ち物のなかにそれがしの身分を認めた手形があったはず」

しばし沈思していた役人が、「ござった」と応じ、

「そなたが稽古を為したという譜代大名小浜藩酒井家に近江今津代官所より急使

を立ててござる。もうしばらく辛抱なされ、坂崎どの」

　と役人は敬称をつけて告げた。

（なぜ、それがしが小浜藩で稽古をしていたのを承知か）

　との疑問が空也の脳裏に生じた。

「お役人、手島道場でなんぞ騒ぎがござったか。それだけでも教えてくだされ」

　役人は考え込んだ。そして番人を遠ざけると、

「まずわれらは加賀金沢藩の近江今津代官所役人でござる。貴殿の処遇、金沢と小浜藩に急使を派遣して問い合わせてござる」

　と最前より詳しく言い添えた。

「なんとこの近江今津を金沢藩前田家が領有しておられるか」

「いかにもさよう」

　空也には理解が及ばなかった。

「坂崎どの、手島道場の道場主手島新左衛門どのと孫の百太郎どのの両人が道場において惨たらしく殺められて発見されたのだ。本未明のことにござる」

　その時、役人がなぜ空也が牢舎に入れられたのか、その理由を告げた。

「な、なんと、さようなことが。待ってくだされ、それがし、手島先生と孫どの

を殺した疑いがもたれておるのか」

空也の険しい視線に、役人はこくりと頷いた。

「両人が殺されたと思しき刻限、長身のそなたが旅籠を出て湖畔を海津(かいづ)に向かって走り、今津の浜で素振りしているのを何人もの漁師や船頭たちが見ておる。今ではそなたが手島家のふたりを殺す暇(いとま)などなかったことはわれらにも分かっておる。されどそなたは昨日手島道場に立ち寄り、凄腕を披露したばかり、そなたがなんぞ殺しと関わりなきや、と疑うのは当然であろう」

「はっきり申し上げる。それがし、手島先生とお孫どのを殺めた事実などなし」

「そなた、なんぞ他に覚えはないか」

と問われた空也は、

(建部民部の仕業(しわざ)だ)

と思い、はっとした。

格子戸の牢舎はうす暗かったせいで空也の驚きは役人に見逃された。

(なんと建部民部は空也が接した者たちを残忍にも殺めておる)

この近江今津で空也と建部民部の関わりを承知なのは竹三だ。

(まさか五つ六つの幼子(おさなご)まで殺すまい)

と空也は竹三の無事を念じた。

（なんとしても牢を出て建部民部と対決する）

空也は初めて建部民部と戦う決意が生じたことを察した。そして、建部の企てに乗るかと思った。

その夜、空也は加賀金沢藩の近江今津代官所の牢舎に留め置かれることになった。

十六歳で武者修行に出て牢舎に入れられるなど初めてのことだった。

（江戸の両親や身内、さらには門弟衆になんと説明すべきか）

と考え、空也は夜じゅう悶々（もんもん）として一睡もできなかった。

（ああー、姉の霧子が姥捨の郷におる）

と気が付いた。そして、最後に渋谷眉月がこの事を知ったら、どう思うかと案じた。

眠れぬまま瞑目して考えた。

（それがし、坂崎空也は昨日道場を使わせてもらった念流の老剣術家と孫のふたりを殺すような無情な人間ではない。それはだれもが分かってくれよう）

と言い聞かせ、明け方ようやくとろとろとした浅い眠りに就いた。

眠りのなかで、武者修行とはふだん経験しない行いを体験することだ。いわば神や仏が坂崎空也に授けた試練のひとつ、という考えに至った。

どれほど眠っていたか、加賀金沢藩の領有する近江今津の番屋に慌ただしい気配が走った。

空也ははっきりと意識が回復するまで両眼を瞑っていた。すると何者かに見られている気配がした。

そのとき、

「おい、空也はん」

と呼びかける鞍馬寺の僧兵であった炭屋の七之助の声を聞いて、ぱあっ、と眼を開けた。

格子の向こうに人影がふたつ、背後にも何人もの人の気配がした。

「坂崎空也どの、野尻玄左衛門でござる。よう我慢なされたな」

との若狭小浜藩酒井家の家臣にして、京屋敷調役である野尻の気遣いの声がして姿がはっきりと見えた。

「おお、野尻様でしたか。それがし」

と言いかけた空也を野尻が手ぶりで止めると、

「お役人どの、坂崎空也どのをまず牢舎から出してくだされ」

との野尻の言葉のあと、空也は着た切り雀（すずめ）の姿で牢舎を出た。すると七之助が、

「わしを置いてけぼりにするからかような目に遭うのだぞ」

と怒りと安堵の混じった声で迎えた。

「すまなかった」

と詫びた空也に大小を始め、道中嚢に入った手形やわずかな金子と木刀が代官所役人から返却された。

「坂崎空也どの、そなたの身許（みもと）は小浜藩の野尻様がたの証言と手形などではっきりといたした。いや、武者修行中の若侍が残虐非道の行為をするとは思わなかったが、われらにも勤めがござる。ひと晩牢舎に留め置かれたのは殺害騒ぎの調べのためでござった」

と言い訳した。

昨日、小浜藩と加賀金沢本藩に急使を立ててあると告げた役人だった。

「最後にひとつだけ改めたき事がござる。宜しいか」

「なんなりと」

「そなたがかような目に遭う理由、思い当たらぬか」

との問いに空也は、

「全くござらぬ」

とはっきりと答えて代官所の表に出された。

空也は琵琶湖の湖面を望む地で修理亮盛光と脇差を腰に戻し、道中嚢を背に負うて馴染みの木刀を手にしてなんとかいつもの平静を取り戻した。

今津の浜の賑わいから昼近くになっていることが察せられた。

「野尻様、無用な造作をお掛け申しました。申し訳なき仕儀にござった」

と詫びる空也にただ頷いた野尻が、

「この近江今津にて、なんぞ用事がござるか」

「念流の手島新左衛門様と孫の百太郎様お二方の骸にお目にかかって、それがし、この地を辞去しようと思います」

との言葉に七之助が、

「近くの海厳寺じゃぞ」

と案内するように歩き出した。

空也は野尻と肩を並べて歩いたが両人ともに言葉を交わすことはなかった。

手島道場から二丁も離れていない真言宗湖光山海厳寺の本堂にふたりの骸はあ

った。思いがけず空也が姿を見せたのでその場にいた門弟衆の間に緊張が走ったが、空也は昨日一時(いっとき)をともに過ごしたふたりの骸に深々と頭を下げ、合掌した。

長い刻が流れた。

その空也に女の声がした。

「私、手島縫(ぬい)にございます。父の道場で稽古をされたばかりに坂崎空也様を大変な目に遭わせてしまいました。申し訳ございませぬ」

と詫びる言葉であった。

加賀金沢藩代官所から空也に関する身分や道場との経緯は知らされているのだろう。

空也はゆっくりと顔を挙げると新左衛門の娘であり、百太郎の母親である縫の顔を正視した。

ふたりの眼には涙があった。

縫の涙は哀(かな)しみであり、空也の涙は怒りのそれだった。

初めて会うふたりだが情は通じ合った。

半刻ほどふたりの骸の前で別れの刻を過ごした空也は、最後に合掌すると立ち上がった。その場にいる身内も門弟衆も空也を無言で見送った。

今津湊で野尻が、

「武者修行に戻られるな」

と念押しした。

「はい」

しばし間があって、

「そなたには用ができた」

「いかにもさよう」

両人を殺害した下手人が建部民部と、野尻も察していた。

空也も残酷非道を働く人物がだれか確信していた。

「われらはこの浜で別れようか。どこへ向かうな」

「あの竹生島には西国三十三所札所の三十番目宝厳寺があると聞きました」

野尻がおやという表情で空也を見た。そして、糺した。

「空也どの、承知かな。竹生島はとある武術と深い関わりがある」

うむ、という眼差しを空也は野尻に向けた。

「竹生島は棒術発祥の島と言われておるのだ、竹生島棒術が伝承されていると聞いた。それがし、それ以上の知識はないがな」

「信仰の島と聞きましたが、なんと棒術発祥の地でもありましたか。それがし、しばらく竹生島に逗留して武者修行を再開しとうございます」

野尻玄左衛門が頷き、空也は野尻から七之助に眼差しを向け直し、会釈を交わした三人は二手に分かれた。

近江今津の湊から竹生島の湊へと数人の巡礼者といっしょに船に乗ることになった。

空也は、東西百九十三間（三百五十メートル）、南北四百四十間（八百メートル）の小さな島を眺めていた。島じゅうが針葉樹林で覆われ、古から信仰の島として崇められてきた荘厳な雰囲気が漂って見えた。

「お侍はん、宝厳寺か、それとも竹生島神社のどっちや」

巡礼者のひとりが空也に問うた。

「それがし、島が棒術の発祥の地と聞かされ、島に渡っております」

「なんやな、武術修行のほうかいな」

と相手が応じたとき、船は小さな入江に着いた。

空也が最後に船を下りたとき、船頭が空也らの話を聞いていたとみえて、

「お侍はん、宝厳寺の管主に会いいな。棒術のことは島でいちばん詳しいで」

と教えてくれた。さらに、

「三十番札所の本堂は弁才天堂というてな、美しい天女はんの像がおられるわ。巡礼はんに従えば、嫌でも弁才天堂に着くがな」

と言い添えた。

船頭が教えてくれた弁才天堂前で巡礼者たちが宝厳寺の納経所でご本尊と寺の名を記した御朱印をいただくのを空也が待っていると、白髪頭の僧侶が声をかけてきた。

「あんたの形は竹生島棒術の口やな。わしは宝厳寺の住職の和光や。そんであんたはん、うちの棒術のことを知ってるか」

「近江今津にて初めて竹生島棒術について聞かされたばかりでございます」

「さよか、なんも知らんか、古いで。平安末期というからおよそ六百年前のこっちゃ、難波平治光閑はんというお人が竹生島弁才天に参拝してな、難波流の長刀術を奉献したことが始まりや。この御仁、源平合戦の折り、戦いの最中に長刀の刃と柄に打ち込まれてや、折れてもうたがな。危うく命を落としそうになったがな。仕方なしに柄だけで戦い、勝ちを収めたことからな。ひとえに大弁才天はんの冥恩やというてな、武名を竹生島棒術とて創始したんや。まあ、大昔のことやから、真偽はなんともいえへんがな」

と言った管主が空也の手にした木刀に眼をつけた。

「あんたの木刀、よう使い込まれとるがな。愚僧に持たせてんか」

と願う住職に空也が渡すと、

「ううっ、重いがな。竹生島棒術の棒はこの木刀より長いで、五尺ほどや。けど、太さがまるで違うわ。あんた、これをどないするんや」

と返してくれた。

「和尚、難波平治光閑様を真似て薩摩剣法野太刀流の素振りを弁才天様に奉献してようございますか」

「おお、愚僧に見せてくれるか」

空也は大小を腰から抜き、道中嚢といっしょに本堂の階において木刀を手に、

「宝厳寺ご本尊の大弁才天様に薩摩野太刀流『朝に三千、夕べに八千』の素振り、献じ奉る。とくとご覧あれ」

と本堂内陣に安置された大弁才天像に向かい、奉献の辞を述べるといつもの如く、素振りを始めた。

朝夕の日課を始めると空也は無心に没頭した。

時がいつしか淡々と流れていった。

宝厳寺に新たな巡礼者たちが姿を見せて、

「おお、なんや大弁才天はんに武骨な真似しとる侍はんがおるがな」

との驚きの声に空也は、素振りを止めた。すると本堂の階に空也の刀を守るように住職が腰を下ろして茫然自失していた。

空也の「朝に三千」の日課が終わった。

「あんたはん、何者や。あの重さの木刀を一刻以上も平然と振り回しとるがな、うちの棒術どころやないで。あんた、島で修行する気か」

「和尚、出来ることなれば『三七・二十一日』、竹生島修行をしとうございます」

「竹生島棒術を伝承しとる小さな島に薩摩のなんたらいう剣術を奉献したいんやな。よっしゃ、寺の庫裏にて寝食だけは許したりますわ。ええか、うちの御本尊大弁才天に二十一日の約定を為した以上、途中で止めるわけにはいきまへんえ」

と住職和光が厳命し、

「承知仕りました」

と空也が応じた。

江戸・神保小路の尚武館坂崎道場の坂崎磐音に宛てて一通の書状が若狭小浜藩京屋敷調役野尻玄左衛門から届いた。むろん野尻玄左衛門の名に磐音は覚えがなかったが空也がらみの書状であることは察せられた。ゆえにいつものように身内や亡き師の剣友速水左近、門弟衆らに母屋に集まってもらい、この日、いつもは仏壇に一時上げる書状を、なんとはなしに神棚にお預かり願った。

昼下がりの八つ（午後二時）の刻限、磐音は神棚に拝礼し、野尻玄左衛門の書状を下げて一同の前で開いて声を上げて読み始めた。

「突然の書状、非礼の段お許し下されそれがし、坂崎磐音様の嫡子（ちゃくし）空也どのと若狭に向かう鞍馬街道で偶然にも知り合いになり、わが所領地小浜城下にお連れ致し候」

磐音の声に空也の実妹睦月が、

「おやおや、こたびは小浜藩にお世話になりますか。兄上、相変わらずの能天気な暮らしでございますね」

と呆れて言い放った。

妹ならではの言葉に母のおこんがなにかを言いかけようとすると、

「待て、待ってくれ」

と磐音の声音が変わり、書状の先を慌ただしく読んでいった。その場の全員が固唾を飲んでいると、

「ほうほう、空也が近江今津なる地で加賀金沢藩の代官所の牢舎に留められたそうな。睦月、この経験も能天気かのう」

と書面から顔を挙げて一同を見廻したときには、もう最前の険しい表情が消えていつもの磐音の顔になっていた。

「な、なんと申されました。空也が牢舎に入れられる真似などするわけもありません」

おこんの血相が変わって磐音を見た。

「おお、空也が稽古に訪れた念流手島剣道場の主と孫のおふたりが何者かに殺害されたそうな。腕の立つ者の仕業ということで、空也が眼をつけられたらしい。まあ、代官所でも手形などを調べて空也の身許を知っており、おふたりが殺害された刻限、空也が琵琶湖畔で独り稽古をしているところを見ていた漁師らもいた。野尻どのは近江今津の代官所から空也の身許を確かめる急使を迎えて、即座に若狭の小浜から近江今津の代官所に急行なされて、空也の身許を証言したそうな。ゆえに空也の牢舎入りはひと晩で終わった」

との磐音の言葉に、一座に安堵の溜息が重なって流れた。

いつもなら口を挟む睦月もおこんも黙り込んで何事か考えていた。

「磐音どの、近江今津の町道場のふたりを殺害した下手人は、捕まったのかな」

と速水左近が問うた。

黙読していた磐音が、

「速水様、未だ捕まっておりませんぞ。されど野尻どのの言葉には含みがあって、空也自身は下手人に一面識もないが、薩摩藩がらみの刺客と空也も野尻どのも予測しておりまする」

「やはり兄上に関わりがある騒ぎでございますか、父上」

「睦月、そのようだな。この書状だけでは分からぬが野尻どのもこれまでの薩摩と空也の因縁を承知されているようだ。武者修行の恨みつらみが無辜（むこ）のおふたりを巻き込んだか」

「武者修行とはかような悲しみももたらすのですか、父上」

睦月の詰問には答えず、

「野尻どのは文の最後に推量ですがと断わって、空也どのは手島道場のふたりの仇（かたき）を討つべく新たな旅に出たと認めてある」

磐音の返答は複雑微妙だった。

四

竹生島には宝厳寺のほかに竹生島神社と呼ばれる信仰の地があった。島の南東部に主祭神市杵島比売命、水の神が祀られ、神体は竹生島そのものだ。創建は雄略天皇三年（四五九）と古かった。

宝厳寺の住職に島の滞在を許され、竹生島棒術学習の名目で庫裏の一角に寝所を与えられた坂崎空也はひたすら、

「三七・二十一日」

の修行に淡々と励んでいた。

だが、島に渡って以来、空也の周りから建部民部の気配が消えていた。

満願の深夜九つ（午前零時）、竹生島神社の八大竜王拝所に向かい、琵琶湖の水神に修行満願を報告しようと向かった。

すると月明かりの湖面を見下ろす八大竜王拝所の一角にひとつの人影があった。

（建部民部か）

小岩に坐す人物の右眼に革帯の眼帯がかけられているのが月明かりに確かめられた。

（なんと民部は片眼が見えないのか）

腰かけた者の右手は竹杖に添えられていた。

これまで聞こえてきた建部民部の評判や噂は、非情残酷というものばかりだ。

事実、建部と思しき人物が刀を揮った手島新左衛門と百太郎両人の傷はひと太刀で深く、殺害に手慣れた者の力技だった。ふたりの致命傷を空也は自分の眼で確かめていた。だが、眼前の人物、建部民部と思しき姿からあの残酷な手口は夢想もできなかった。

しばし無言で人影を凝視していた空也は、

「薩摩藩八代藩主であった島津重豪様の刺客建部民部かな」

と質していた。

人影はまるで塑像のように微動もしなかったが口が緩やかに動くのが空也に感じられた。

「いかにもたてへみーふである」

呂律が回らないのか、空也の耳にはそう聞こえた。

「そなた、それがしとの勝負を所望か」

空也は思わず気を抜きつつ質した。

「いかにぃもー」

「そなたとそれがしの尋常勝負に非ず。手島新左衛門様と孫の百太郎様ご両者の仇を坂崎空也が討つ」

ふっふっふ
と弱々しい嗤い声が不じゅうな口から洩れた。

「若いのう、勝負に名目などいらぬ。殺すかころされるか」

と言い放った建部民部は竹杖を頼りにゆっくりと腰かけていた岩場から立ち上がった。

空也は竹生島棒術の技を学ばんといつも以上に心魂籠めて素振りを重ねた木刀に片手を添えた。

その瞬間、この戦いを何者かが島の一角から見ていると感じた。

(油断はならじ)

「そのほうの腰の剣、上様からの拝領の刀か。建部みーふがもらい受けた」

と宣告した刺客が竹杖を竜王拝所の地面に突き立て、腰の一剣を抜いた。

細身の剣は定寸の二尺三寸余か。

不じゆうな右足を引きずるように建部民部が間合いを詰めようとした。

空也は木刀を左蜻蛉に突き上げて構えた。

「ほう、噂の薩摩の示現流か。酒匂兵衛入道一族を始め、あまたの剣客がさような田舎剣法に斃されたとは信じられんな」

建部民部の口が喋るにつれて滑らかになった。

（なんと薩摩の御家流儀を田舎剣法と決めつけた）

「正体を見せられよ。どうやら手島新左衛門様と百太郎様両人の前でも体が利かぬことを見せつけて同情を引いたか。それがしにはさような騙しは効かぬ、剣術を冒瀆しておる。許せぬ、建部民部」

ふっふっふふ
と嗤った建部民部が、

「建部民部、真に五体不じゆうでな。試してみよ」

と言い切った。

空也は迷った。

「ひとつだけ坂崎空也に言うておこうか。島津重豪様がそなたに送られる刺客はこの勝負の勝ち負けに関わりなくこの建部民部が最後」

最前の弱々しき言葉と違い、傲慢不遜な言動だった。

「それがしを斃すというか」

「斃す、坂崎空也、五体不じゆうな者を斃せるか、どうだな」

「斃す、手島新左衛門様らの仇を討つ」

と空也が決然たる言葉を発した。

空也の決意に頷いた建部民部が言い出した。

「坂崎空也にひとつ頼みがある」

また間合いを外す気かと空也は気を引き締め、右蜻蛉に構え直した。

「それがし、薩摩の御家流儀が嫌いでな」

(今さら何事を)

「すまんが薩摩の木刀を盛光に代えてくれぬか。そなたとは真剣での勝負が望みである」

とこの期に及んで建部民部が願った。

空也は思案した。

手に馴染んだ木刀からふたたび力が抜けていた。

（民部の策に乗るでない）

内なる声が空也に命じていた。

「そなたの武者修行の成果は、木刀勝負を真剣勝負にも変えられぬほどのものか」

空也は内なる声に逆らい、蜻蛉の構えを解くと狭い八大竜王拝所の鳥居の下に木刀を置き、腰の備前長船派修理亮盛光に左手をかけ、建部民部と向き合った。

無念無想を招こうと空也は両眼を閉じた。

嗤い声が響いたが空也の耳には届かなかった。四年余の歳月にどれほどの剣術家と対決してきたか、おのれの来し方を振り返り、気持ちを整え終えて両眼を開いた。

竜王拝所の前に同じ姿で建部民部は立っていた。だが、

（何かが違う）

と思った。

建部は竹杖にふたたび手を掛けていた。

（やはり体が不じゆうなのか）

「これで互いに仕度はなった」

空也は腰の盛光を薩摩流に下刃に返すことはしなかった。
ただゆっくりと鯉口を切った。
空也の動きを確かめた民部が細身の剣を左手一本で構え直し、剣の切っ先を流した。
盛光を抜くと、物心ついて以来馴染んできた直心影流正眼に空也は置いた。
片手下段と正眼。
間合いは一間半。
体の大きな空也が一見建部民部を見下ろす構えだ。
その瞬間、民部の体がすっと伸びた。そして下段の剣を右中段に移した。
相正眼。
ただし片手と両手の違いがあった。
両者は気合を入れ直した。
「参る」
建部民部が竹杖の右手を離すと刀の柄(つか)に初めて添えた。
空也の心は決していた。どのような展開になろうとも後の先で受ける覚悟だった。

両人が不動の構えでの長い対峙になった。

どれほど対決の時が過ぎたか。

建部民部の右手が柄から離れてふたたび竹杖を支えにした。

（やはり体が不じゆうなのか）

空也は間合いを詰めた。

攻めるために間合いを詰めたのではない。空也は相手の不じゆうな体を慮って、互いが一撃で勝負を決する間合いへと無意識裡に歩を進めていた。

長身の空也が細身の建部民部に迫った。

その瞬間、空也は痩せた民部の五体が鍛え上げられた筋肉だと悟った。

寸毫見合ったあと、建部民部が動いた。

左手に構えた細身の剣が迅速果敢に空也の胸に向かって奔った。

空也の想像をはるかに超えた力強さと速さだった。が、それには構わず修理亮盛光が後の先で受けた。いや、攻めた。

革の眼帯に向かった盛光の切っ先が光となって建部民部の片手切りを寸毫制して革帯を断ち切っていた。

うっ

と呻いた民部の刃が流れ、あらわになった右眼が朝の光に晒された。

不意に光を感じた右眼の瞼がぱちぱちと上下した。

空也は己に言い聞かせた。相手の作為に惑わされてはならぬ。

(どの動きが建部民部の本意か)

空也の注意は竹杖を支えにした民部の右手に向けられた。竹杖がわずかに空也に向かって斜めに傾いでいた。

不じゆうな右手が素早く捻られた。すると竹杖から忍刀が飛び出して空也に向かって放たれた。革帯を断ち切った空也の盛光は未だ虚空にあった。

荒ぶる技に抗う術がないと思った。

咄嗟に飛び下がりながら死を想起した。

が、建部民部も間違いを犯していた。空也に眼帯の革帯を切られたために隻眼が予期せぬ両眼の焦点に変じていた。民部の右手の捻りで抜き打たれた忍刀の焦点が空也の後退もあってわずかに狂っていた。

空也の喉元を掠めた忍刀は湖面へと飛んで消えた。

その瞬間、民部は敏捷な動きで間合いを詰め、左手に保持していた細身の剣が空也を襲った。が、すでに空也の修理亮盛光は何事にも対応できる正眼の構えへと転じていた。

建部民部の片手の剣と両手に保持された盛光の刃が絡み合った瞬間、勝負は決していた。盛光の刃が細身の剣を両断し、さらに民部の首筋に打ち込まれていた。

うっ、と呻き声をあげた民部が竜王拝所を背に立ち竦んだ。

荒ぶる騙し技に平静の一撃が克った。

坂崎空也と建部民部の両者が睨み合った。

民部の両眼から力が抜けていく。

「ふうっ」

と息を吐いた民部が空也から視線を外すと、よろよろと竹生島の崖下に広がる湖面に向かって最後の力を振り絞り、飛翔した。

「嗚呼ー」

と尾を引く悲鳴を聞きながら、この勝負を十番勝負に入れるべきかどうか迷った。

建部民部は策を弄する異色の剣術家であった。技量はこれまでの空也が戦った八人の剣術家に比べても遜色ないと思った。なにより島津重豪が空也に放った最後の刺客と考えたとき、

「竹生島神社の祭神市杵島比売命と御神体竹生島様に申し上げる。この勝負、空也十番勝負の一、九番勝負なり」

と声を大にして宣告していた。

神無月(かんなづき)に入り、姥捨の郷でも竈(かまど)まわりや竈屋敷と呼ばれる台所の清掃を終え、重富霧子と渋谷眉月が冬仕度の綿入れを購(あがな)う相談をしていた。京と隠れ里を行き来している雑賀衆の男衆が、京の呉服屋に足を運んで郷の者たちの衣替えの手助けをしてくれるのだ。

「力之助さんには正月の晴れ着が要りますね」

「眉月様も私も旅仕度の着た切り雀です。ここは思い切って力之助といっしょに眉月様の正月仕度を購いましょうか」

などと話していると、郷の男衆といっしょに奈良・大和街道の高野山口に御用に出ていた利次郎が、

「霧子、大変じゃぞ」

と大声で叫びながら姿を見せた。

「慌ただしゅうございますね、何事でございます」

「驚くなよ、霧子。おこん様が正月のあれこれを今津屋の助勢で千石船に託して送ってこられたわ。それが高野山口の船問屋に届いておったのだ」

江戸から紀州和歌浦まで今津屋の関わりの弁才船で、さらに川船に載せられた荷は紀ノ川を遡上して高野山口の船問屋に届いたというのだ。

「なんとさようなことが」

「まあ、霧子、眉月様、荷を見てご覧なされ」

とふたりを御客家の表へと連れ出した。すると馬二頭の背に振り分けられた大荷物が見られた。

「この大荷物ですか、かつて今津屋の奥を仕切ったおこん様らしゅうございますね」

と霧子が笑った。

「眉月様、渋谷家からも正月衣装などあれこれと託されておりますぞ」

「わが家からもですか」

「むろんわが重富家や今津屋からも細々とあってな、われら、何年も島流しにでも遭ったところで不足はないぞ」

利次郎が苦笑いし、言い添えた。

「おこん様が神保小路に渋谷家や重富家、さらには今津屋などの女衆を集めて、あれも送ろうこれも送ろうと張り切っておられる姿が眼に浮かばぬか」

「おまえ様、これでは直ぐに江戸へ戻るなんて言えませんね」

「えっ、霧子様、私ども何年も姥捨の郷に住むことになりますか」

と眉月が驚きの声を発した。

「眉月様、高野山口の船問屋は飛脚便も扱っておるがな、こたびはなんとも運がよかった。大荷物のほかに霧子宛ての文が届いたばかりでな、この文の中身でわれらの今後の行く末が決まるのではないか」

と懐に大事そうに入れていた書状を出してふたりに見せた。

「なんと弟からの文ですか」

「えっ、空也様はどこにおられましょう」

ふたりの女衆が利次郎に質した。

「文の宛名は姉の霧子、そなたじゃぞ、早々に読んで教えてくれぬか、空也さんの近況をな」

と言われた霧子が慌てて書状の封を披いた。

宝厳寺の住職和光に託され、近江国長浜の飛脚屋を経た書状の差出人は坂崎空也とあった。

「空也様が文を出された長浜は京の都より遠いのでしょうか」

「眉月様、琵琶湖東岸にある大名領です。この南には幾たびも大老を務められた彦根藩井伊家の大きな城下町がございます。この長浜の地から紀州内八葉外八葉の姥捨の郷まで空也どのの脚なれば七日もあれば楽に着きますぞ」

という利次郎の言葉を聞きながら霧子が薄い書状を披いた。

ふたりは霧子の眼差しを注視した。

「もはや薩摩との戦いは終わった、と認めてきました。弟は息災ですよ、眉月様」

と笑みの霧子が、

「大台ヶ原を最後に訪ねたのち、姥捨の地に向かうとあるわ。おまえ様、大台ヶ原がどこにあるか承知ですか」

「大台ヶ原か、知らぬな」

と三人が顔を見合わせた。

江戸・神保小路の坂崎家母屋では、おこんが淹れた茶を磐音が喫しようとしていた。朝稽古の指導が終わったあとのことだ。

「おまえ様、姥捨の郷に荷は無事に届いておりましょうか」

「今津屋の関わりの弁才船だ、外海を航海するのも慣れておるわ。となると紀ノ川を遡上して姥捨の郷に近い高野山口の船問屋に荷は着いていよう」

おこんは磐音の言葉に頷き、しばし間をおいて、

「とは申せ、重富一家三人と眉月様の四人、姥捨の郷で年を越しそうですね」

「おそらく新年を高野山の麓で迎えよう」

「空也はどこをどう旅しておるのでしょうね」

「そなたが大荷物に入れた衣服に空也が袖を通すのはまだ先のようだな」

夫婦の問答が途切れた。

残り少なくなった寛政十一年、穏やかな陽射しの昼前の神保小路だった。

文春文庫

荒ぶるや
空也十番勝負（九）

定価はカバーに表示してあります

2023年1月10日　第1刷

著　者　佐伯泰英
発行者　大沼貴之
発行所　株式会社 文藝春秋

東京都千代田区紀尾井町 3-23　〒102-8008
TEL 03・3265・1211㈹
文藝春秋ホームページ　http://www.bunshun.co.jp

落丁、乱丁本は、お手数ですが小社製作部宛お送り下さい。送料小社負担でお取替致します。

印刷製本・凸版印刷

Printed in Japan
ISBN978-4-16-791980-1